· 可可爱爱的世界 ·

大萝卜

吉竹伸介插图本

[俄] 契诃夫 著　[日] 小宫山俊平 企划
[日] 吉竹伸介 绘　姚锦镕　郭小诗 译

中信出版集团 | 北京

图书在版编目（CIP）数据

大萝卜 /（俄罗斯）契诃夫著；（日）吉竹伸介绘；
姚锦镕，郭小诗译. -- 北京：中信出版社，2022.9
（可可爱爱的世界名著）
ISBN 978-7-5217-4539-9

Ⅰ.①大… Ⅱ.①契…②吉…③姚…④郭… Ⅲ.
①短篇小说-小说集-俄罗斯-近代 Ⅳ.①I512.44

中国版本图书馆CIP数据核字（2022）第121972号

OKINA KABU by Shunpei Komiyama & Shinsuke Yoshitake
Copyright © 2017 Shunpei Komiyama & Shinsuke Yoshitake
All rights reserved.
Original Japanese edition published by Rironsha Co., Ltd.
Simplified Chinese translation copyright © 2022 by CITIC Press Corporation
This Simplified Chinese edition published by arrangement with Rironsha Co., Ltd., Tokyo,
through HonnoKizuna, Inc., Tokyo, and BARDON CHINESE CREATIVE AGENCY LIMITED

本书仅限中国大陆地区发行销售

大萝卜
（可可爱爱的世界名著）

著　者：[俄]契诃夫
企　划：[日]小宫山俊平
绘　者：[日]吉竹伸介
译　者：姚锦镕　郭小诗
出版发行：中信出版集团股份有限公司
　　　　　（北京市朝阳区惠新东街甲4号富盛大厦2座　邮编 100029）
承　印　者：中煤（北京）印务有限公司

开　本：787mm×1092mm 1/32　印　张：6.75　字　数：80千字
版　次：2022年9月第1版　　　　印　次：2022年9月第1次印刷
京权图字：01-2022-2905
书　号：ISBN 978-7-5217-4539-9
定　价：22.00元

版权所有·侵权必究
如有印刷、装订问题，本公司负责调换。
服务热线：400-600-8099
投稿邮箱：author@citicpub.com

目录

III 译者序

001 宝贝儿

031 牡蛎

043 男孩们——哥哥和伙伴的冒险

059 吻——黑暗中的浪漫奇遇

101 遛小狗的女人

145 季诺奇卡

161 大萝卜

167　万卡

179　苦恼

195　捉弄

译者序

安东·巴甫洛维奇·契诃夫，19世纪末俄国伟大的作家，著名戏剧作家。他的作品以幽默和深刻见长，与莫泊桑、欧·亨利并称为世界三大短篇小说家。

契诃夫1860年生于罗斯托夫省塔甘罗格市一个小商人家庭，祖父是赎身农奴，父亲曾开设杂货铺。1876年杂货铺倒闭，全家迁居莫斯科。只有契诃夫只身留在塔甘罗格，靠担任家庭教师以维持生计和继续求学。

1879年契诃夫进入莫斯科大学医学系学习。毕业后在兹威尼哥罗德等地行医，广泛接触平民和了解生活，这为他日后的文学创作提供了生动而丰富的素材。1880年开始文学创作。他早期的作品以"契洪特"的笔名发表，大都是供消遣的滑稽故事。但他很快就摆脱了这种风格，认真思考起了重大的社会问题，目光转向了广大民众所遭受的不公、贫穷愚昧的生活。他的小说短小精悍，简练朴素，结构紧凑，情节生动，笔调幽默，语言明快，寓意深刻。他善于从日常生活中发现具有典型意义的人和事，通过幽默可笑的情节进行艺术概括，塑造出完整的典型形象，以小见大，以此来反映当时的俄国社会。

契诃夫一生创作了七八百篇短篇小说，早期作品大多数是短篇小说，如《苦恼》，再现了"小人物"的不幸和软弱，劳动人民的悲惨生活和小市民的庸俗猥琐。《万卡》这篇短篇小说，既没有复杂多变的情节，也没有光彩照人的文学形象。作品通过描写主人公万卡的不幸遭遇，深刻暴露了沙皇时期童工的悲惨生活。

1890年，契诃夫不顾身虚力弱，到政治犯流放地萨哈林岛（库页岛）进行考察，目睹种种野蛮、不幸的事实后，提高了自己的思想境界，深化了创作意境，创作出表现重大社会课题的作品。

《宝贝儿》中的女主人公奥莲卡，以自身形象的丰富性和复杂性，充实着世界文学宝库。她先后爱过多个男人，对他们无不真诚忠贞，言听计从，温柔善良，但往往失之盲目，缺乏主见和自我，而由于命运作弄害得她不能与他们白头偕老。

契诃夫的小说有着独特的艺术风格，这就是朴实、简练，艺术描写的客观性，同时富于幽默感。他的小说没有多余的东西，很少有抽象的议论。他善于用不多的文字表现深刻的主题。契诃夫的短篇小说大多是截取日常生活中的片段，他善于从日常生活中发掘具有典型意义的人和事，在平淡无奇的故事中透视生活的真理，在平凡琐事的描绘中揭示出某些重大的社会问题，使得其作品朴素得跟现实生活一样真实而自然。如《苦恼》中写一位马车夫姚纳，在儿子夭折的一星期里，几次想跟别人诉说内心的痛苦，却遭到各怀心事的乘客的冷遇，万般无奈之下，他只有向老马倾诉自己的不幸与悲哀。作者借助这一平淡无奇的故事，揭示出黑暗社会中的世态炎凉、人情冷漠和小人物孤苦无告的悲惨遭遇，具有震撼人心的艺术力量。

1904年6月，契诃夫因肺炎病情恶化，前往德国的温泉疗养地黑森林的巴登维勒治疗，7月15日逝世。

姚锦镕

2015年于浙江杭州

宝贝儿

退休的八品文官普列米扬尼科夫的女儿奥莲卡,坐在院子的台阶上想心事。天气炎热难当,苍蝇缠着她嗡嗡声不停,一想到天就要暗下来,她只觉得心里美滋滋的,从东方压过来一团黑黢黢的雨云,时不时飘来一阵潮气。

院子中央站着库金,眼望天空。库金是剧团经理人,经营着"季沃里"游乐园。他就住在这院子的厢房里。

"又要下雨了!"他沮丧地说,"又要下雨了!天天下雨,下个不停——像是故意跟人作对!叫人没法活了!把人都逼上绝路了!这样下去每天的损失可就太大了！"

他双手一拍，转身对奥莲卡说：

"您瞧，奥莲卡·谢苗诺夫娜，我们过的就这种日子。只有哭的份儿了。干活，卖力气，遭罪，夜里不能睡，老琢磨着该怎么办——可结果呢？一方面，观众都那么没教养，野蛮。我为他们准备了顶呱呱的小歌剧、精彩的梦幻剧，请来一流的讽刺剧的演唱家，他们领情吗？他们爱看的是那些个粗俗的玩意儿！给他们低级趣味的东西就心满意足了！再说这鬼天气。几乎天天晚上都来场雨。打从五月十日起，整个五月和六月没停过一天。太糟糕了！观众不来看，可我照样得付场租不是？还得付演出人员的工钱不是？"

第二天傍晚，乌云又黑压压过来，库金歇斯底里般笑着说：

"你说怎么样？让它下吧！爱把整个园子都淹

了,把我也淹了也行!害得我阳世阴间都遭殃也行!让那些演出人员把我送上法庭我也认了!法庭有什么好稀罕的?把我流放到西伯利亚做苦役我也认了!送上断头台也行!哈,哈,哈!"

第三天雨还是照下不误……

奥莲卡认真地听着,但一言不发,听着,听着,泪水夺眶而出。库金的不幸遭遇感动了她,她爱上了他。

库金五短身材,瘦骨嶙峋,脸色发黄。头发分梳在两鬓,说起话来用的是尖细的男高音,嘴巴一撇;脸上老挂着绝望的神色,但还是激起她深深的真情爱意。她得老爱某个人,不爱不行。

过去她爱爸爸,他现在病了,待在昏暗的房间里,坐在圈椅上,气喘吁吁。

她爱过自己的姑妈。姑妈每两年从布良斯克过来一次。早些时候,她还在初级中学念书的时候,爱过自己的法语老师。

法语老师是个好心肠、体贴人的文静小姐,目光温柔,亲切,身体健康。男人们看着奥莲卡那丰满绯红的脸蛋,看着那长着一颗黑痣的细腻白嫩的脖子,看着她一听到高兴的事脸上便露出天真善良的笑容——看着看着,心里不禁会想:"这妞儿挺不错的……"他们便跟着笑起来,而女客在与她交谈中,情不自禁拉起她的手,高兴地说道:

"宝贝儿!"

她打出生起就住在这房子里,在她父亲的遗嘱里就写明这房子将来归在她的名下。这房子坐落在城郊的茨冈区,离"季沃里"游乐园不远,到了傍晚和夜里都能听到游乐园的阵阵乐声、鞭炮的噼啪声,在她听来,这些声响是库金在与命运斗争中发出来的,是他在向自己主要的敌人——冷漠的观众发动进攻。她的心脏便猛烈地、甜甜地跳动起来,便失去了睡意。到了天快亮,库金回家,她便轻轻地敲起自己的窗,隔着窗帘只对他露出脸和一边肩膀,温情脉脉地笑起来……

他向她求婚,两个人便结了婚。

当他仔细地瞧着她的脖子和丰满、健康的肩膀时,往往两手一拍,说:"宝贝儿!"

他感到万分幸福。只是结婚那天,白天下雨,夜里还是下雨,他脸上那股失望的神情不见消失。

婚后的日子乐陶陶。她待在游乐园的票房里管理票务,照料园里的内务、账目,发放工钱。她那玫瑰色的脸蛋,迷人、天真而闪闪发亮的笑意,时而在票房小窗口,时而在后台,时而在饮食部闪现。

从此她往往对自己的亲朋好友说,世上顶出色、顶重要、顶不可缺的数演戏,只有在剧院里才能获得真正的享受,成为有教养、有人情味的人。

"可是观众能理会这道理吗?"她说,"观众需要的是那些个粗俗的玩意儿!昨晚我们演出经我们改编的《浮士德》,全场的包厢空无一人。要是我和万尼奇卡上演低级趣味的玩意儿,我敢说,准要座无虚席。明天万尼奇卡他们要演出《俄耳浦斯在地狱》,您过来看吧!"

库金讲过有关剧院和演员的话,她全都照着说。她也和他一样,瞧不起观众,说他们漠视艺术,怪他们无知。彩排时她指手画脚,纠正演员的动作,对乐师的行为说三道四。遇到当地的报纸对演出稍有微词,她就哭哭啼啼,跑到编辑部辩解。

演员都喜欢她,管她叫"我和万尼奇卡"和"宝贝儿"。她同情演员,常借给他们几个小钱。有时候遇到有人骗了她,她只是偷偷地哭一阵子,但不向丈夫告状。

冬天两人也过得乐陶陶的。

整个冬天夫妻俩租下了市剧院演出,只在短期内转租给了小俄罗斯剧团、魔术团或本地业余剧团演出。

奥莲卡渐渐地发福了,整个人心满意足,容光焕发。库金却日见消瘦,脸色发黄,抱怨开销过大,可整个冬天生意还是不错的。

一到夜里,他咳嗽不止,她让他喝覆盆子和椴树花汁,用香水擦他的身子,拿自己的软披巾把他裹得严严实实。

"你可是我的心上人!"她抚平头发,真心实意地说,"你可是我的心肝!"

四旬节[①]期间,他到莫斯科去请剧团。他走后,她夜不能寐,老守在窗口,眼望天上的星星。这期

[①] 四旬节:复活节前的四十日内,纪念耶稣在荒野绝食,是基督教的大斋期。——译者注

间，她把自己比作母鸡，公鸡不在窝，母鸡忐忑不安，不睡觉。

库金在莫斯科耽搁些日子，写信来说，要到复活节才能回来，来信中还交代了"季沃里"的事。可是到了受难节①前的一个星期，深夜，响起了不祥的敲门声，有人狠命地拍着院门，擂鼓似的嘭嘭声响个不停。

睡意蒙眬的厨娘光着脚踩过水洼，跑出去开门。

"劳驾，开门！"门外有人用低沉的嗓子喊，"电报！"

此前奥莲卡不是没有接到过丈夫的电报，不知为什么这回吓得她掉了魂似的，她哆哆嗦嗦拆开电报，见到以下的电文：

---

① 受难节：复活节前一周，纪念耶稣受难。——译者注

伊凡·彼得洛维奇猝然离世如河安葬后指示周二

电报上确实写着"如河安葬",还有那不知所云的"后指示"。电报后署名的是歌剧团导演的名字。

"亲爱的!"奥莲卡号啕大哭,"万尼奇卡,我亲爱的!你我何必相遇?我为什么会见到你,爱上你?这下你把自己可怜的奥莲卡,可怜、不幸的人丢给了谁……"

星期二,库金被安葬在莫斯科瓦冈科沃墓地。星期三奥莲卡回了家,一进门,就扑到床上,抢天抹地地哭起来,哭声传到了大街和左邻右舍的院子。

"宝贝儿!"女邻居们画着十字,说,"宝贝儿奥莲卡·谢苗诺夫娜,老天爷,她这下完了!"

三个月后,奥莲卡做完弥撒回来,一身孝服,悲悲切切。跟她一起的是位邻居,也是从教堂回来的。他叫瓦西里·安德烈伊奇·普斯托瓦洛夫,是商人巴巴卡耶夫木材场的经理,戴一顶草帽,穿一件白坎肩,坎肩上系一根金表链,看上去不像个商人,倒像名地主爷。

"万事都由天定,奥莲卡·谢苗诺夫娜,"他庄重地、满腔同情地说,"要是我们的哪位亲人去世了,那是上帝召了他去,遇到这种情况,我们就得多想想自己,认命吧。"

他把奥莲卡送到了门口,与她作别,径自离去。此后她整天耳际响着他那庄重的声音,只要闭上眼睛,他那浓黑的胡子就在她眼前晃动。

他博得了她的好感,显然,她也给他留下很好的印象,因为不久,一位她不太熟悉的、上了年纪的太太来她家喝咖啡,她刚入座,开口就说到了普斯托瓦洛夫来，说他是个好人，老实稳重，哪个姑娘不争着嫁给他？

三天后，普斯托瓦洛夫亲自来访，他待不多久，只十分钟，话也不多，但奥莲卡爱上了他，爱得很深，整夜辗转反侧，浑身热辣辣的，像是染上了热病。第二天上午她就把那上了年纪的女人找来，很快就定下了这段姻缘，举行了婚礼。

普斯托瓦洛夫和奥莲卡婚后生活幸福美满。

通常，午饭前他待在木材场里，然后出去办事，奥莲卡代他坐办公室，直坐到晚饭前，写写算算，发放货物。

"如今的木材年年都要贵两成，"她老对买主和熟人说，"老天保佑，过去我们卖的是本地的木材，如今瓦西切卡每年都得到莫吉列夫省采购。单运费就是一笔大数目。"她说着，双手掩面，显得惊恐万状，"好大一笔钱！"

她像是干木材生意多年了,生活中最重要、最需要的是木材。什么"梁木"啦,"原木"啦,"薄板"啦,"护墙板"啦,"箱子板"啦,"板条"啦,"木块"啦,"毛板"啦,等等的词儿,在她听来,有种无比亲切、动人之感。

夜里睡觉时,她梦见堆积如山的薄板和板材,长得见不到头的一串大车载着木材往城外远处驶去,她也梦见一大批十二俄尺长、五俄尺粗的原木竖着,排山倒海般向木材场源源而来,于是原木、梁木、毛板你挤我压,嘭嘭声不绝于耳。接着它们纷纷倒下去,又站起来,惊得奥莲卡大呼小叫起来,普斯托瓦洛夫便温柔地对她说:

"奥莲卡,亲爱的,你怎么啦?快画十字!"

丈夫有什么想法,妻子便遥相呼应。如果他认为房间里很热,或者说如今的生意清淡,她便连声说是。丈夫不爱娱乐消遣,节假日都待在家里,她也足不出户。

"瞧你俩不是待在家里，便是坐办公室，"朋友说，"该去看看戏，要不上马戏团转转。"

"我跟瓦西切卡没时间逛戏院，"她一本正经地说，"我俩是干活的人，顾不上光顾那些玩意儿。这些个戏院有什么好的？"

每逢星期六，普斯托瓦洛夫和她都去参加彻夜祈祷，节假日做晨祷。教堂回来的路上，双双肩并肩走着，脸上现出被感动的神情，两个人身上散发出好闻的味儿，她的丝绸连衣裙发出了动听的窸窣声。回到家喝茶，吃甜面包和种种果酱，最后吃馅饼。每天下午这对夫妇的红甜菜汤、煎羊肉、烧鸭子等佳肴的香味飘到了院子和门外的街上，遇到斋日，便有鱼香飘散出来，经过他们家的人，无不馋得口水横溢。

办公室里茶炊始终滚烫，来的顾客少不了受到招待，喝茶，吃面包圈。夫妻俩一星期去一次澡堂，双双肩并肩，回家时脸孔红扑扑的。

"没事，我们过得挺好，"奥莲卡对熟人都这么说，"谢天谢地，但愿人人都像我和瓦西切卡那样，日子过得顺顺当当。"

每逢普斯托瓦洛夫去莫吉列夫省采购木材，她往往十分想念他，夜不能寐，哭泣流泪。有时一位军队里年轻的兽医斯米尔宁在她家厢房寄宿，常在傍晚时来看望她。

他跟她一起谈天，玩牌，给她增添不少乐趣。特别是他谈起自己的家庭生活，引起她莫大兴趣。他结过婚，有个儿子，与妻子分居，因为她背叛了他，他恨她，每月给她汇去四十卢布作为儿子的生活费。奥莲卡听着，叹叹气，晃晃脑袋，挺同情他。

"求上帝保佑您，"她说着，拿着蜡烛送他到了楼梯口，"多谢您给我解闷儿，愿上帝保佑您健康，圣母娘娘……"

她仿效丈夫，神情端庄稳重，兽医已下楼到了门外，她还是喊住他，说：

"弗拉基米尔·普拉托内奇，记住，还是跟妻子和好了吧，哪怕是看在儿子分儿上，该原谅她才是……小孩子兴许什么都明白。"

普斯托瓦洛夫回来后，她就轻声地把兽医和他那不幸的家庭生活说给丈夫听，两个人不禁连连叹息，摇头，谈到那孩子，说他多想念自己的亲爹哩。接着也许是心有灵犀一点通吧，两人都到了圣像前，深深鞠躬，求上帝赐给他俩孩子。

普斯托瓦洛夫夫妻俩就这样和和睦睦、相亲相爱，平静地过了六年。

一次，瓦西里·安德烈伊奇正在木材场喝足了滚烫的茶后，没戴帽子就出去发货，着了凉，病倒了。请来最好的大夫医治，可毫无起色，过了四个月死了。奥莲卡再次守寡。

"你撇下我，叫我依靠谁呀，亲爱的？"安葬了丈夫，她不免哭诉道，"没有你，今后叫我这个苦命、不幸的女人如何活下去？好心人哪，可怜可怜我这孤苦伶仃的人吧……"

她穿上黑丧服，别上白丧章，今生今世再也不戴帽和手套了。除了上教堂和去丈夫的墓地，她很少出门，待在家里过着修女般的生活。

可是过了六个月，她拿下白丧章，打开护窗板。有时清早，人们看见她与厨娘一起出现在市场上买食品。

要说她在家里的生活，她在家里干了些什么，那只有凭推测了。譬如说，有人看见她在自家小园子里跟那兽医喝茶，他给她大声朗读报纸，还有，一次她在邮局遇到一个熟悉的太太，她对那太太说：

"我们城里缺乏对兽医的正确监督,因此许多疾病流行。常常听到,人们因喝了牛奶而患病,也有因牛马的传染而患病的。事实上,对家畜的健康也应该像对人的健康那样,给予足够的关切。"

她这是复述那兽医的想法。现在她的一切全都听兽医的了。

显然,要她不深爱一个人,一年也活不下去。她又在自家厢房找到了新的幸福。换了别人,你可以说她朝三暮四,不过可不能把奥莲卡往坏处想。她的人生就是如此,完全可以理解。

她和兽医之间的关系到底发生了什么样的变化,两个人对谁也没有提起,双方竭力隐瞒着不说出来,可这是办不到的,因为奥莲卡不是个爱守秘密的人。

每逢他家来了客人(他团里的同事),她都要出来给客人献茶,或端饭送菜,说及牛瘟,谈起家

畜的结核病,议论了城里屠宰场的事,好不叫他难堪,客人一走,他就拉起她的手,生气地嘀咕起来:

"我可多次请求过你,别掺和自己不懂的事!我们兽医谈论本行的事时,你别乱插嘴。说到底,多无聊!"

她惊讶地望着他,惶惶不安地问:

"沃洛奇切卡,那我说什么才是?"

她说罢眼泪汪汪地抱住他,求他别生气,于是两个人变得好不快活。

但是这种幸福为时不长。兽医跟着自己的部队开拔走了,且再不回来,因为部队调到很远很远的地方去,大概是西伯利亚吧。奥莲卡又落到了孤苦伶仃的境地。

现在她是彻彻底底孤单一人了。她父亲早已去世,他常坐的圈椅搁到阁楼上去,通体蒙上了灰尘，还短缺了一条椅脚。

她憔悴下去，人变丑了，街上的过往行人再也不像过去那样看她一眼，不再冲她微笑了。显然，花样年华已逝，不复返了，现在要开始过新的、完全陌生的生活，还是不去想它吧。

傍晚，奥莲卡坐在门前台阶上，耳听传来的阵阵"季沃里"的乐声，鞭炮的噼啪声，但再也激不起她丝毫的思绪。

她漠然望着自家空荡荡的院子，一无所思，一无所求，夜晚来临，便去睡觉，梦中见到的还是自家那空荡荡的院子。她照例吃喝，但完全像不得已而为之。

主要的，也是最糟糕的是，她现在已完全没有自己的主见。她能看得见自己周围的事物，了解周围发生的种种事件，但丝毫形成不了自己的看法，不知道自己该说些什么。没有主见，这是何等可怕！譬如说，你看见面前立着一只瓶子，或者正下着雨，或者过来的大车上有个庄稼汉，可你竟不知道，这瓶子、这雨、这庄稼汉为什么存在，有什么意义，哪怕给你一千卢布，你也说不出所以然来。

在库金和普斯托瓦洛夫在世时，后来身边有那兽医期间，奥莲卡什么事都能说得头头是道，都能充分发表自己的见解。如今，她的头脑中，她的心灵里，就如这空荡荡的院子，一无所有。生活竟如此可怕和悲惨，她宛如在咀嚼苦艾。

城市在渐渐地向四周扩大，茨冈区已改叫大街了。原先是"季沃里"游乐园和木材场的地方，如今已房屋林立，街巷纵横了。

时间过得真快啊！奥莲卡的房子已变黑，屋顶生锈，板棚倾斜，院子里杂草和荆棘丛生。奥莲卡自己也老了，丑了。夏天她坐在台阶上，心里还是和过去一样,空荡荡,烦闷闷,满是苦味。冬天,坐在窗前,眼望着白雪,或是闻到春的气息,或是听到春风送来阵阵教堂的钟声,往事会突然涌上心头,顿时激起丝丝甜蜜的悸动,泪水即刻夺眶而出。但这只是短短一分钟时间,紧接着又是空虚,毫无目标。

黑猫布雷斯卡依偎着她,轻声叫着,但猫的爱抚触动不了奥莲卡的心——她需要的是这些吗?她需要的是那种触动她整个身躯、灵魂和理智的爱,让她有思想,有生活目标,温暖她那日益老去的血液。

她把黑猫布雷斯卡从裙子上甩掉,懊恼地对它说:

"走开……别来烦我!"

就这样日复一日,年复一年,没有欢乐,没有思想,一切全听厨娘马夫拉说的。

七月的一天，天很热，傍晚时分，街上牛马群刚过去，院子里灰尘满天飞，突然，有人来敲院门。奥莲卡亲自去开门，一看惊呆了：门外站着兽医斯米尔宁，满头白发，一身便服。她忽然想起了过去的一切，禁不住哭了起来，头依偎在他的胸口，什么话也没说，万分激动中，没有注意到两个人是如何进了房子，坐下来喝起了茶。

"我亲爱的，"她高兴得身子哆嗦，嘟嘟哝哝道，"弗拉基米尔·普拉托内奇！上帝从哪里把你送来的？"

"我想永远在这里待下去了，"他说，"我退伍了，想上这儿来寻找幸运，过称心的生活。儿子该上中学了，长大了。我跟妻子也已和解了。"

"她在哪儿？"

"她跟儿子在旅馆里，我是来找房子的。"

"主啊，天哪，那就住我这儿吧！还找什么房子？老天爷，我不会收你一分钱的，"奥莲卡又激动起来，哭了起来，"你们就住在这儿，我待在厢房里就行了。天哪，我高兴着哩！"

第二天忙着给房顶上了漆，刷了墙壁，奥莲卡双手叉腰，指指点点。她的脸上又闪烁着过去那种笑容，她浑身充满了活力，容光焕发，像是从漫长的梦中刚醒过来似的。

兽医的妻子来了。她骨瘦如柴，挺丑的一个女人，蓄着短发，一脸任性的神色。跟她一起来的有个男孩，叫萨沙，个子矮小，与他的年龄（约莫九岁）不相称，胖胖的，蓝眼睛亮亮的，脸上长着两个酒窝。

这孩子一进院子，就追起猫来了，立即响起了他那欢快、爽朗的笑声。

"阿姨，这是您的猫吗？"他问奥莲卡，"等它生了小猫，请您送我一只。我妈非常怕耗子。"

奥莲卡与他说了一会儿话，请他喝茶，她猛地感到内心一阵温暖、甜蜜的悸动，只觉得这是自己亲生的儿子似的。

晚上，他坐在餐厅里，复习功课，她温情脉脉、满怀怜惜地打量着他，低声说：

"我的宝贝，多俊的孩子……好乖乖，长得白白嫩嫩，聪明伶俐。"

"岛屿就是，"他念道，"周围有一片海水的陆地。"

"岛屿就是周围有一片海水的陆地。"她跟着说道，多年的沉默和缺乏主见后，她第一次自信地说出了自己的见解。

她又有了自己的见解。吃饭的时候，她对萨沙的父母说，如今读中学的孩子真不容易，古典教育毕竟比实科教育强，因为中学毕业后，出路有的是，可以去学医，做医生，也可以读工科，当工程师。

萨沙上学了。他的妈妈去了哈尔科夫妹妹家，从此一去不复返。他父亲天天外出给牲口治病，常常三天不着家。奥莲卡觉得这孩子没人管了，成了房子里的多余人，就要饿死了。她把他领到厢房来，给他布置了个小房间。

半年来萨沙就生活在厢房里，每天早晨，奥莲卡就走进他的小房间，他睡得正香，一只手托着腮帮子，呼吸声很细。她舍不得唤醒他。

"萨什卡，"她难受地说，"起来，宝贝！该上学了。"

他起了床，穿上衣服，做好祷告，坐下来喝茶。连喝了三杯茶，吃下两只大面包圈，外加半只抹了奶油的法式面包。他还没有完全醒过来，所以情绪不太好。

"我说，你，萨什卡，寓言可没好好儿背熟，"奥莲卡望着他，说，那眼神像是送他出远门似的，"你真叫我操心。你呀，得加把劲儿学，宝贝……听老师的话。"

"嘿，请您别唠叨了！"萨沙说。

接着他就沿着街上学去了，他身材矮小，戴顶大制帽，背着书包。奥莲卡悄没声息地跟着他。

"萨什卡！"她呼喊道。

他回过头，只见她塞给他一个枣子或一块糖。两个人拐进了学校所在的那条巷子。后面跟着一个又高又胖的女人，好不叫他害臊，便回头对她说：

"您回吧，阿姨，现在我可以自己走了。"

她便站住，目不转睛看着他的背影，目送他到了校门口。啊，她多爱他！在她过去深爱的人中，她还没有爱得如此深切，以前她的心从未出现过如此忘我、无私、快乐的母爱，而且这种爱燃烧得越来越旺。为了这个人家的孩子，这个两颊有酒窝、头戴制帽的孩子，她愿献出自己的生命，而且是快快乐乐、饱含温柔的泪水献出来的。为什么？谁说得清为什么？

她把萨沙送到学校后，悄悄地回家，心满意足，平心静气，柔情脉脉。最近半年，她的面容变年轻了，脸上老挂着微笑，容光焕发。遇到她的人都很高兴，对她说：

"你好，奥莲卡·谢苗诺夫娜宝贝儿，你好吗？"

"如今读书真不易，"她在市场上常说，"昨儿就让一年级生背寓言，翻译拉丁文，还要解题，闹着玩的吗？我说，小孩子怎么受得了？"

接着她便说起了老师、功课、学生等的事来——这些话都是萨沙对她说过的。

两点多钟两个人一起吃午饭，傍晚一起做功课，一起哭泣流泪。安顿他睡了，她便久久为他画十字，祈祷，然后自己睡时，还蒙蒙眬眬遥想将来萨沙大学毕业后，做了医生或工程师，拥有自己的大房子、马匹、马车，成了家，生男育女……睡着后，还在想着这些，闭着的眼睛里淌下了泪水。黑猫躺在她的身旁，咕噜着：

"喵……喵……喵……"

突然响起了很响的敲门声。奥莲卡醒了过来，吓得喘不过气来。她的心狂跳着。过了半分钟，又响起敲门声。

"哈尔科夫来的电报，"她想道，浑身哆嗦，"母亲要萨沙回哈尔科夫，回到自己身边……老天爷！"

她彻底绝望了。她的头、手、脚全凉了。看来她是这世上最不幸的人了。又过了一分钟，传来了说话声，兽医从俱乐部回来了。

"啊，谢天谢地！"她想。

她慢慢放下心来。人轻松了。她躺下去，又想

到萨沙。隔壁房间的萨沙睡得正香,有时还听到他说梦话:

"有你好瞧的!走开!别打架!"

(1899年)

姚锦镕　译

牡蛎

费不了多大劲儿，至今我仍能清清楚楚想起那件事。那是秋天傍晚，天阴沉沉的，下着雨。当时我正跟我父亲一起走在莫斯科一条人来人往的大街上。突然我觉得自己害上了一种奇里古怪的病。身上倒没觉得哪里疼痛，只是两条腿软绵绵的，支撑不下去了，要说的话全卡在喉咙口，吐不出来，脑袋无力地歪向了一边……看来我这就要倒下去，不省人事了。

要是那时候把我送进医院，大夫一准在我床头的病历上写下"fames[①]"这个词。医学教科书上可

[①] fames：拉丁文，意为饥饿。——译者注

没这个词。

我亲爱的老爹搀着我站到了人行道上。他身上穿的是件破旧的夏季大衣，头戴的是一顶破呢帽，雪白的棉花都露出来了，脚上的套靴又大又沉。他是个爱面子的人，怕人家看出自己光着双脚没穿袜子，便在破靴子外套上一双旧皮靴筒。

可怜而又糊涂的怪人，随着他那件做工考究的夏季大衣变得越来越破旧，越来越肮脏，我对他的爱反而越来越深厚。五个月前他就来莫斯科想谋个文书之类的差事。五个月来他一直在四处奔波，无奈之下，直到今天才咬紧牙沿街行起乞来。

前面是座高高的三层楼房，门面上挂着一块蓝色的招牌，上写"饭馆"两字。我的脑袋软弱无力地后仰，左右歪着。我不由自主地朝上一看，只见楼上窗子里透出明亮的灯光，屋内人影幢幢。我还看见一架管风琴的右边部分，看见两张彩色的画片儿和几盏灯……我眼盯着一扇窗子，见到了一块白色的东西，方方正正，一动不动，在四周一片深棕色的背景衬托下，显得分外醒目。仔细一看，原来是墙上的一张白色的招子，至于上面写些什么，就看不清了……

我的眼睛盯着那张纸足有半个钟头都没有移开。上面白花花的字眼把我给深深吸引住了，仿佛给我的脑子施了催眠术。我竭尽全力想认出那些字，可还是白费劲儿。

最终我那怪病逞起了威。

马车驶过的辚辚声在我听来有如阵阵响雷，街道上那冲天的臭气在我闻起来就有上千种之多，饭馆和街上的闪闪灯光看起来就像是炫目的闪电。我的五官全都紧张起来，变得异常敏锐。我开始见到了许多前所未见的东西。

"牡蛎……"我到底看清了那招子上的字。

多怪的字！我已在世上活了整整八年又三个月，可怎么就没听说过这两个字。这到底是什么意思？难道是店老板的名字①？可招牌往往都是挂在大门上的，怎么会贴在墙上的呢？

"爹，牡蛎是啥玩意儿？"我费力地把脑袋转过去，沙哑着声音问。

我爹没听见我的话。他正专心注视着来往行人……凭他的眼神看出，他想对行人说句话，可那话重得像秤砣挂在哆哆嗦嗦的嘴唇上，就是说不出口。他甚至已向一个人迈出了一步，触碰一下那人的衣袖，可一等那人回过头来，他却说了句"对不起"，不知所措地倒退了回来。

"爹，牡蛎是啥玩意儿？"我又问了一句。

"是一种动物……长在海洋里……"

---

① 旧俄的饭馆常以老板的姓氏命名。——译者注

我的脑海里立即出现了一种前所未见的海洋动物。大概既像鱼又像虾一类的玩意儿。它既然活在海洋里，只要加上胡椒粉和月桂叶，定能做出美味可口的热汤来，要不也可以把它做成带脆骨的酸汤，或者是虾酱、拌着冰冻的洋姜什么的……我有滋有味地想象起来，想着如何把它从市场上买回，赶快动手收拾起来，立马下锅……快，得赶紧动手，因为大伙都饿极了！这时厨房里飘来阵阵煎鱼和虾汤的香味。

我感到那香味刺得我的上腭和鼻子阵阵发痒，渐渐地遍及全身……饭馆啦，我爹啦，白色的招子啦，袖子啦，全都冒出那种味儿，而且非常浓烈，惹得我嘴巴不禁咀嚼起来，就那么不停地咀呀嚼呀，我的嘴里像是真的有那么一块海洋动物似的……

我感到满意至极，两条腿不由得弯了下去。我担心自己这就要倒下去，忙抓住我爹的衣袖子，身子紧贴着他那件湿漉漉的夏大衣。我爹缩起了身子，哆哆嗦嗦。他这是冷哪……

"爹，牡蛎是素菜还是荤菜？"我问。

"这东西要生吞活剥。"爹说，"牡蛎有壳，像乌龟那样，不过……它有两片壳。"

猛然间，鲜美的香味儿不再惹得我浑身发痒，我的幻想顿时消遁……我这才完全明白是怎么回事了！

"好恶心，"我小声说，"好恶心！"

原来牡蛎是这么个玩意儿！我还以为它是像青蛙一样的动物哩。现在这只青蛙就躲在两片壳里，睁着又大又亮的眼睛，盯着人看，还不停地摆动那丑陋的下颌。我的想象中，人们如何把它从市场上买回，它就包在硬壳里，伸出两只螯，眼珠子亮闪闪的，皮肤黏糊糊的……孩子见了都四散躲开。厨娘直皱眉头，提起它的螯，把它放到碟子里，端到餐厅去。大人们便拿起一只大螯往嘴里送……活生生的，连同它的眼睛、牙齿、爪子，一股脑儿吞下肚！牡蛎呢，吱吱直叫，拼命咬人的嘴巴子……

想到这里，我禁不住皱起了眉头。可是……可是我的牙齿不知怎么的，又咀嚼了起来。那玩意儿虽说可怕，令人讨厌、恶心，可我还是吃了它，狼吞虎咽，生怕吃出它的怪味儿，闻到它的恶臭来。吃完了一只，又看到第二只、第三只在闪动它们的眼珠子。我还是把它们全吃下了肚。接着我吃起了餐巾、碟子、我爹的靴子，还吃了那招子……把我见到的东西全都吃了下去，因为我感到，只有不停地吃东西，我的病才会好起来。那些牡蛎瞪起了吓人的眼珠子，要多丑就有多丑，一想到它们我就浑身哆嗦，可我还是要吃！吃！吃！吃！

"拿牡蛎来！拿牡蛎来！"这呼声是从我的胸

膛里发出来的，我伸出了双手。

"行行好吧，诸位先生！"我听到我爹那低沉而压抑着的声音，"叫人羞于出口，可，上帝！我实在挺不下去了！"

"拿牡蛎来！"我揪住爹的大衣后襟，喊叫道。

"小小的年纪，还想吃牡蛎哩！"我听见身旁有人奚落道。

来了两位先生，在我面前一站。他俩都戴着圆筒礼帽，笑嘻嘻地看着我的脸。

"瞧你这小家伙还想吃牡蛎？当真想吃？太有意思了！你倒是说说，怎么个吃法？"

我记得一只有力的大手把我拖进了灯光灿烂的饭馆，立即围上来一大帮人，个个好奇地打量着我。我挨着桌子坐了下去，吃起了一种黏糊糊的东西，有点儿咸，冒着潮气和霉味儿。我一个劲狼吞虎咽起来，眼不看，也不问吃的是啥玩意儿。我以为,只要我一睁眼看,准会看到一双双闪闪亮的大眼睛,一只只张牙舞爪的大鳌……

我牙齿一咬,只觉得咬上了一种硬邦邦的东西,随之响起了咔嚓咔嚓声,什么东西被我咬碎了。

"哈,哈,哈!他连壳也要吃了!"有人笑道,"傻瓜蛋,壳也能吃吗?"

我记得,后来我口渴得要命。我躺在床上,胃很痛,怎么也睡不着觉。我嘴里发烫,还有股怪味儿。我爹从这个墙角到那个墙角,不停地来回走动,双手比比画画。

"你像是着凉了,"他喃喃道,"我感到脑子里……像是待着一个人……也许是今天我没有……没有……没有吃过东西……我这人,说真的,是有点儿怪,有点儿蠢……眼看着那几个先生掏出十个卢布来买牡蛎,那我为什么不上前求他们要几个钱……借几个钱呢?看样子他们会给的。"

直到第二天清晨我才睡过去，梦见一只长鳌的青蛙躲在硬壳里，眼珠子直转。到了中午我渴得醒过来，睁眼找爹，只见他还在那里来来回回走着，双手比比画画……

（1884年）

姚锦镕　译

男孩们

——哥哥和伙伴的冒险

"沃洛佳来了！"外面有人喊道。

"沃洛季奇卡①来了！"纳塔利娅一边喊着，一边跑进餐厅，"啊，我的上帝！"

科罗廖夫一家每时每刻都在盼望着沃洛佳，他们一起扑到窗边。大门口停着一辆宽大的敞篷雪橇，拉雪橇的三匹白马冒着浓浓的热气。雪橇上没有人，因为沃洛佳已经站在过道里，正用冻得通红僵硬的手指解风帽。他的制服大衣、制帽、胶皮套鞋和鬓发上都蒙着一层白霜，他从头到脚都散发着

---

① 沃洛佳和沃洛季奇卡都是对弗拉基米尔的昵称。——译者注

好闻的寒气,叫人一看见就觉得发冷,发出"咝咝咝"的声音。

母亲和姑妈跑过去抱他、吻他,纳塔利娅扑到他的脚边,开始给他脱毡靴,妹妹们尖声叫着,大门吱吱呀呀,砰砰作响,沃洛佳的父亲只穿着一件坎肩,手里拿着剪子跑进前厅,惊慌地喊道:

"我们昨天就等着你回来!路上好走吗?顺利吗?我的上帝啊,快让他跟他的父亲打个招呼!我不是他父亲还是怎么的?"

"汪!汪!"大黑狗米洛尔德[①]低声叫着,用尾巴敲打着墙和家具。

这一切汇成一片连绵不断的快乐之音,持续了整整两分钟。当第一波快乐劲儿过去以后,科罗廖夫一家才发现,除了沃洛佳之外,前厅里还有一

---

① 米洛尔德:狗的名字,也是英国人对贵族男子的尊称,意思是老爷、大人。——译者注

个小孩子，他裹着头巾、披巾，戴着风帽，身上也落满了白霜。站在角落一件宽大的狐皮大衣的阴影里，一动也不动。

"沃洛季奇卡，这是谁呀？"母亲小声问道。

"哎呀！"沃洛佳突然反应过来，"让我荣幸地介绍一下，这是我的同学切切维岑，他读二年级……我带他到咱们家做做客。"

"很高兴，欢迎！"父亲高兴地说，"对不起，我是家常打扮，没穿外衣……请进！纳塔利娅，帮切切维岑先生脱衣服！我的上帝，快把这只狗赶走！真讨厌！"

不一会儿，沃洛佳和他的朋友切切维岑坐到桌边喝茶，他们还没从热闹的欢迎里缓过神来，受了冻的脸蛋还是红扑扑的。

透过窗户上的积雪和霜花，冬日的太阳在茶炊上轻轻晃动，在洗杯盆里沐浴自己清澈的光芒。屋里很暖和，两个男孩觉得在他们冻僵的身体里，温暖和寒冷谁也不让谁，使他们酥酥麻麻的。

"嘿，圣诞节就快到了！"父亲用深褐色的烟丝卷了一支烟，拉长声音说，"夏天你母亲哭着送你离家，那是很久之前的事了吧？可是你这就已经回来了……时间过得真快啊，孩子！一眨眼的工夫人就老了。奇比索夫先生，吃吧，请您别客气！我们这儿都很随意。"

沃洛佳的三个妹妹，卡佳、索尼娅和玛莎——其中最大的十一岁——坐在桌边，目不转睛地盯着这个新来的陌生人。切切维岑和沃洛佳年龄相近，身高相仿，但他不那么圆润和白净，而是更加黑瘦，满脸雀斑。他的头发硬硬的，眼睛细细的，嘴唇厚厚的，总之很不好看，要不是身上那件制服上衣，看外貌他可能会被误认成厨娘的儿子。他面色阴郁，总是沉默寡言，一次也没笑过。

小姑娘们看着他，立刻断定他应该是个非常有智慧、有学问的人。他总是在思考，深深沉浸在自己的思绪中，以至于有人问他什么，他总是哆嗦一下，摇摇头，再请对方把问题重复一遍。

小姑娘们发现，就连平素快乐又健谈的沃洛佳这回也很少讲话，一点儿笑容也没有，好像就连回到家里都让他不开心似的。喝茶的时候，他只对妹妹们开过一次口，而且说的话很奇怪。他指着茶炊说：

"在加利福尼亚人们不喝茶，而是喝杜松子酒。"

他也在想心事，偶尔和自己的朋友切切维岑对视一眼，从他们的眼神看得出来，两个男孩想的是一件事。

喝完茶，大家来到儿童室。父亲和小姑娘们在桌边坐下，继续刚才被男孩们的到来打断的活儿。他们用彩纸做成装饰圣诞树用的花朵和穗子。这份活计又有趣又热闹。每做好一朵花,小姑娘们就报以欢呼,甚至是惊叫,仿佛这朵花是从天上掉下来的。爸爸也高兴极了,有时他气恼剪子太钝,便把它扔在地上。妈妈满脸焦急地跑到儿童室,问:

"谁把我的剪子拿走了?伊凡·尼古拉伊奇,又是你拿了我的剪子吧?"

"我的上帝啊,连剪子都不给我用!"伊凡·尼古拉伊奇带着哭腔说,他向后靠在椅背上,装作受了委屈的样子,但是不一会儿就又高兴起来。

从前回家的时候,沃洛佳也会装饰圣诞树,或者跑到院子里看车夫和牧人堆雪山,但现在他和切切维岑一点儿也不在意这些彩纸,就连马厩都一次也没去过,他们坐在窗边窃窃私语,然后他俩一起翻开地图册,对着一张地图研究起来。

"先到彼尔姆……"切切维岑小声说,"从那里到秋明……然后到托木斯克……再是……接着……到堪察加……从这里,萨莫耶德人会用船载着我们穿过白令海峡……然后就到了美洲……那里有好多毛皮兽。"

"那加利福尼亚呢?"沃洛佳问。

"加利福尼亚在下面……只要到了美洲,加利福尼亚就不远了。想要吃的可以打猎和抢劫。"

切切维岑一整天都躲着小姑娘们,看着她们的时候总是皱着眉头。喝过晚茶以后,他碰巧和小姑娘们独处了五分钟。沉默令人尴尬。于是他严肃地咳嗽一下,用右手掌心搓了搓左手手背,面色阴沉地看了看卡佳,问:

"您看过梅恩·里德①的书吗?"

"没有,没看过……我说,您会滑冰吗?"

陷入思考的切切维岑没有回答这个问题,只是

---

① 梅恩·里德(1818—1883):爱尔兰裔美国小说家,他创作的探险小说在许多国家的青少年中广受欢迎。——译者注

使劲儿鼓起腮帮子，吐出一口气，好像很热似的。他又抬眼看着卡佳，说：

"当成群的北美野牛跑过潘帕斯草原的时候，大地为之震动，受惊的野马这时便踢蹬和嘶鸣起来。"

切切维岑忧郁地笑了，补充说：

"还有，印第安人会袭击火车。但最糟糕的还是白蛉和白蚁。"

"那是什么东西？"

"就像小蚂蚁，不过长着翅膀。叮人可凶了。您知道我是什么人吗？"

"切切维岑先生呀。"

"不对。我是无敌酋长，蒙季戈莫·鹰爪①。"

最小的姑娘玛莎看看他，又看向窗外，夜晚已经来临，她沉思着说：

---

① 蒙季戈莫：这是契诃夫虚构出的名字。——译者注

"我们昨天吃的是小扁豆①。"

切切维岑老说些让人听不懂的话，还总和沃洛佳交头接耳，沃洛佳也不玩耍，一直想着心事，这一切又神秘又古怪。两个年纪最大的姑娘，卡佳和索尼娅，开始仔细盯着男孩们。晚上等男孩们上床睡觉了，小姑娘们就溜到门口，偷听他们说话。噢，她们听到了什么呀！

男孩们打算跑去美洲的什么地方淘金子。他们已经为上路做好了一切准备：手枪、两把刀子、面包干、取火用的放大镜、指南针和四个卢布。

她们了解到，男孩们要步行几千俄里，途中要和老虎与野人搏斗，然后去采集金子和象牙，干掉敌人，去做海盗，喝杜松子酒，最后娶个美人儿，经营种植园。

---

① 在俄语中，小扁豆和切切维岑的读音非常相似。——译者注

沃洛佳和切切维岑聊个不停,不时兴奋地互相打断对方。切切维岑一直自称是"蒙季戈莫·鹰爪",把沃洛佳称作"我的白人兄弟"。

"你要留神,别告诉妈妈,"一起回去睡觉的时候,卡佳对索尼娅说,"沃洛佳会从美洲给我们带金子和象牙,如果你告诉妈妈,他们不会放他走的。"

平安夜的前一天,切切维岑整天都在看亚洲地图,还做了笔记,可沃洛佳无精打采,脸肿得好像被蜜蜂蜇了一样,他阴沉着脸在各个房间走来走去,什么都吃不下。有一回,他还在儿童室的圣像前站住,画了个十字,说:

"上帝啊,饶恕我这个罪人吧!上帝啊,请保佑我那可怜的、不幸的妈妈!"

傍晚他大哭一场。睡觉之前,他久久地拥抱父亲、母亲和妹妹们。

卡佳和索尼娅明白是怎么一回事,但小妹妹玛莎什么都不懂,一点儿也不知道,只是看到切切维岑的时候想了想,叹口气说:

"保姆说,斋戒的时候要吃豌豆和小扁豆。"

平安夜那天清早,卡佳和索尼娅悄悄从床上爬起来,去看男孩们怎么跑到美洲去。她们偷偷溜到他们门外。

"那你不去了?"切切维岑生气地问,"你说呀,不去了吗?"

"上帝啊!"沃洛佳啜泣着,"我怎么能去?我可怜妈妈。"

"我的白人兄弟,我求你了,咱们走吧!你保证过会去的,是你鼓动的我,但是真要走了,你倒害怕了。"

"我……我不害怕,我只是……可怜妈妈。"

"你说,去还是不去?"

"我去,只是……只是再等等。我想在家里多住一阵儿。"

"既然如此,那我自己走!"切切维岑下定了决心,"没有你我也能对付。你还想去猎老虎、去打仗哪!那你把我的火帽还来!"

沃洛佳哭得那么伤心,妹妹们也忍不住小声哭了起来。接着是一片寂静。

"那你是不去了?"切切维岑又问了一遍。

"我……我去。"

"那就穿衣服!"

为了说服沃洛佳,切切维岑对美洲极尽赞美,他学老虎那样吼叫,描述轮船的样子,骂骂咧咧的,还答应把所有象牙以及狮子和老虎的皮毛都给沃洛佳。

小姑娘们觉得,这个头发坚硬、长着雀斑、又黑又瘦的小男孩是个超凡卓越的人。他是英雄,是个坚定无畏的人，他吼叫起来，门外的人当真会以为是只老虎或狮子呢。

小姑娘们回到房间，穿好衣服，卡佳眼泪汪汪地说：

"唉，我好害怕！"

下午两点吃饭前一直平安无事，但是吃午饭的时候，大家突然发现男孩们都不在家。派人去仆人房、马厩还有管家住的厢房去找，他们不在那儿。派人到村子里去找，也没找到。到了喝茶的时候，男孩们仍不见踪影。等到该吃晚饭了，妈妈担心极了，哭了起来。晚上大家又去村子里找，打着灯笼去河边找。上帝啊，简直乱成一团！

第二天来了一位警察，他在餐厅里写一份公文。妈妈一直哭。

突然一辆敞篷雪橇在门廊前停下，拉雪橇的三匹白马冒着热气。

"沃洛佳来了!"外面有人喊道。

"沃洛季奇卡来了!"纳塔利娅一边喊着,一边跑进餐厅。

米洛尔德低声叫着:"汪!汪!"原来男孩们被扣留在城里的商场了(他们在那儿到处打听哪里卖火药)。沃洛佳一走进前厅就号啕大哭,搂住母亲的脖子。小姑娘们浑身发抖,心里战战兢兢,不知道会发生什么事。她们听见爸爸把沃洛佳和切切维岑带到书房里,在那儿和他们谈了很久。妈妈又是说,又是哭。

"怎么能这样做呢?"爸爸劝说道,"上帝保佑,要是学校知道了,会把你们开除的。您应该感到羞愧,切切维岑先生!这样不好!您是领头的,但愿您会受到父母的惩罚。怎么能这样做!你们在哪儿过的夜?"

"在车站!"切切维岑骄傲地回答。

后来沃洛佳在床上躺下，头上敷着一条浸过醋的毛巾。他们拍了电报，第二天来了一位太太，是切切维岑的母亲，她把儿子带走了。

临走的时候，切切维岑的脸色严厉又傲慢，和小姑娘们告别时，他一句话都没说，只是拿起卡佳的练习册，写下几个字作纪念：

"蒙季戈莫·鹰爪"。

（1887年）

郭小诗　译

吻

——黑暗中的浪漫奇遇

五月二十日晚上八点钟，在前往营地的途中，N后备炮兵旅全部六个连在梅斯捷奇基村停下过夜。大家正乱作一团，一些军官围着大炮忙活，别的军官都聚集在教堂围墙边的广场上听设营官的安排，这时从教堂后面来了一个穿便服的人，骑着一匹奇怪的马。

这是一匹浅黄色的小马，生着优美的脖颈和短小的尾巴。它不是照直地，而是有点儿歪歪斜斜地走过来，四条腿迈着舞蹈般的碎步，好像有人用鞭子抽它的腿似的。

骑马的人来到军官们跟前，抬了抬帽子，说：

"本地的地主,中将大人冯·拉贝克有请军官先生们即刻赏光去家里喝茶……"

马儿低了低头,然后踏着舞步,侧着身子向后退去。骑马的人又抬抬帽子,不一会儿便和那匹奇怪的马一起消失在教堂后面。

"鬼知道这是怎么回事!"几个军官各自走回营房,嘟囔着,"别人都要睡觉了,这位冯·拉贝克却要喝什么茶!我们可知道这茶的滋味!"

六个连的军官们都清楚记得去年的一件事儿。在演习期间,他们和另外一个哈萨克军团的军官们,也是这样被一位伯爵地主、退伍军人请去喝茶。热情殷勤的伯爵对他们格外亲切,请他们吃饱喝足,还不让他们回村里的营地去,把他们留下过夜。这一切当然很好,好得不能再好了,糟糕的是,年轻人的陪伴让这位退伍军人高兴得过了头。他一段接一段地向军官们讲述自己的光辉历史,带他们挨个儿参观房间，向他们展示自己的名贵画作、古旧版画和稀罕武器，给他们念一些大人物的亲笔信，直到天边露出曙光。军官们筋疲力尽、不胜其烦，他们听着，看着，想念着床铺，小心翼翼地对着袖口打哈欠。等到主人最后放他们回去，要睡觉已经太迟了。

这位冯·拉贝克不会也是这种人吧？不管是不是，反正也无事可做。军官们换了衣服，梳洗干净，成群结队去找地主的庄园。在教堂附近的广场上有人告诉他们，去老爷家可以沿着下边走——从教堂后头下到河边，沿着河岸走到花园，从那儿有条林荫小道可以抵达，或者沿着上边走——从教堂顺着大路照直走，从村子走上半俄里就到了地主的谷仓。军官们决定走上面的路。

"这个冯·拉贝克是什么人？"他们在路上聊

起来,"是不是在普列夫纳①率领 N 骑兵师的那个将领?"

"不,那人不叫冯·拉贝克,叫拉贝,也没有冯。"

"天气可真好!"

道路在第一座谷仓前分了岔:一条路直着向前,消失在昏暗的暮色中,另一条向右通向地主家。军官们拐到右边,变得轻声细语起来……有着红色房顶的石砌谷仓在路两边一字排开,厚重而威严,像极了县城里的兵营。地主家的窗户在前方闪着亮光。

"先生们,好兆头!"一位军官说,"咱们的猎犬走在最前头了。这说明它闻出来前头有猎物!……"

---

① 普列夫纳:保加利亚城市普列文的旧称,1877 年俄国与土耳其曾在此处交战。——译者注

领头的洛贝特科中尉生得高大结实，但却没长胡子（他已经过了二十五岁，但不知为何，他圆滚滚的脸上没有一根胡子）。他嗅觉灵敏，老远就能猜到有没有女人，这在整个旅都出了名。他转过身来说：

"对，这儿一定有女人。我凭本能就感觉到了。"

冯·拉贝克亲自到门口迎接军官们，他是一位仪表堂堂的老人，六十岁左右，穿着便服。他跟客人们握手，说他非常高兴和幸福，但是恳请军官先生们看在上帝的分儿上，原谅他不能留他们过夜。因为他的两个姐妹带着孩子，还有几个兄弟和邻居来看他，所以家里一间空房也没有了。

将军跟所有人握了手，请求原谅，一直微笑着，但是从他的脸色看得出来，他远不像去年那位伯爵那样好客，他对军官们发出邀请，只是因为他觉得这样合乎礼节。

军官们沿着铺了软和地毯的楼梯往上走,一边听他讲话,一边自己也觉得,他们之所以被邀请到家里,仅仅是因为不好意思不请他们罢了。他们看见仆人忙着点亮楼下门口和楼上前厅里的灯,感觉自己给这所房子带来了麻烦与忙乱。主人那两个带着孩子的姐妹、兄弟和邻居们,大概是由于家里的喜事或变故才聚在一起,十九位陌生的军官出现在这儿,他们会乐意吗?

在楼上大厅的门口,一位高挑匀称的老妇人在迎接客人,她长长的脸上长着一对黑眉毛,像极了欧仁妮皇后[①]。她亲切而庄重地微笑着,说她见到客人们非常快乐幸福,抱歉自己和丈夫这回不能请军官先生们在家中过夜。每当她为了什么事将脸从客人身上转开去,她那美丽而庄重的笑容立刻就消失

---

① 欧仁妮皇后(1826—1920):法国末代皇帝拿破仑三世的妻子。——译者注

了，看得出来，她这辈子已经见过不少军官先生，现在她顾不上他们。即便她邀请他们来家里，还表示歉意，那也只是因为她的教养和社会地位要求她这样做罢了。

军官们走进一间宽敞的餐厅。在长桌的一边，十几位先生和太太正坐着喝茶，他们有的年长些，有的年轻些。他们的椅子后面黑压压地坐着一群男人，笼罩在淡淡的雪茄烟雾里。他们当中站着一位瘦削的年轻人，他留着棕红色的络腮胡子，正用英语大声谈论什么，但吐字不清。穿过这群人身后的房门，可以看见一个明亮的房间，里面摆着淡蓝色的家具。

"先生们，你们人太多了，没法一一介绍！"将军大声说，尽力做出高兴的样子，"请自己认识一下吧，各位先生，不要拘礼！"

军官们有的露出严肃甚至严峻的表情，有的不自然地笑着，大家都觉得很不自在，勉强行过礼，坐下来喝茶。

最不自在的是里亚博维奇上尉。这位军官个子不高，背有点儿驼，戴着眼镜，留着猞猁①一样的络腮胡子。当同伴们要么做出严肃的表情，要么不自然地微笑时，他的那张脸、猞猁般的络腮胡子、还有那副眼镜却好像在说："我是整个旅里面最腼腆、最普通、最平平无奇的人！"

当刚走进餐厅，坐下来喝茶的时候，他怎么也没法把注意力集中在一张脸或一个东西上。那些面孔、衣裙、盛满白兰地的棱面酒壶、玻璃杯里冒出的热气、雕花的檐板——这一切汇成了一个笼统的、庞大的印象，使里亚博维奇惊慌不安，只想把头藏起来。他就像头一回当众表演的朗读者，虽

---

① 猞猁：中等体形的猫科动物，两颊有下垂的长毛。——译者注

然看见了眼前的一切,却很难理解自己看见的东西(生理学家将这种能看见却不能理解的情况称作"精神性失明")。

过了一会儿,里亚博维奇习惯过来,恢复了视力,便开始四处观察。作为一个腼腆且不擅交际的人,他最先看见的便是自己一直缺乏的东西,那就是这些新相识们非凡的胆量。冯·拉贝克,他的妻子,两位上了年纪的太太,一位穿淡紫色连衣裙的小姐,留着棕红色络腮胡子的年轻人,原来他是拉贝克的小儿子,他们仿佛排练过似的,巧妙地坐到军官们中间,并且立刻挑起热烈的争论,使客人们也不得不加入进来。淡紫色裙子的小姐正急切地证明,炮兵要比骑兵和步兵轻松得多,拉贝克和年岁稍长的太太们则认为恰恰相反。于是大家你来我往地聊了起来。里亚博维奇瞧着淡紫色裙子的小姐激烈争辩着她并不熟悉也毫无兴趣的东西,看着不真诚的微笑在她脸上时隐时现。

冯·拉贝克和他的家人娴熟地将军官们卷入争论，同时密切留意着他们的杯子和嘴巴，看他们是不是都有茶喝，是不是都放了糖，为什么有人不吃饼干，或者不喝白兰地。里亚博维奇看得越久，听得越久，就越喜欢这个不真诚却训练有素的家庭。

喝完茶后，军官们走进大厅。洛贝特科中尉的嗅觉没有骗人：大厅里有许多小姐和年轻太太。这位猎犬般的中尉早就站到一位年纪很轻、穿着黑色裙子的金发女郎身边，大大咧咧地弯着腰，好像倚着一把看不见的军刀似的。他面带微笑，风流地耸着肩膀。

大概他说了些无聊的胡话，因为金发女郎傲慢地瞧着他滚圆的脸，冷淡地问："真的吗？"如果这条猎犬足够机灵的话，从这句毫无热情的"真的吗"就该得出结论，他恐怕不该往上扑了。

钢琴声响了起来。忧郁的华尔兹舞曲从大厅飘向敞开的窗户，不知为何，大家都想起窗外正是春天，是个五月的夜晚。所有人都闻到，空气中散发着白杨嫩叶、玫瑰和丁香的气味。在音乐的影响下，里亚博维奇喝下的白兰地上了劲儿。他斜眼看了看窗外，面上露出微笑，开始观察女人们的举手投足，他觉得白杨、玫瑰和丁香的气味不是从花园飘来，而是女人的脸蛋和衣裙散发出来的。

拉贝克的儿子请一位消瘦的姑娘跳舞，和她跳了两圈。洛贝特科在木地板上滑过，飞到淡紫色裙子的小姐跟前，和她在大厅里翩翩起舞。舞会开始了……

里亚博维奇站在门口一群不跳舞的人中间，细细观察。他这辈子一次舞也没跳过，也没有机会搂住一位像样的女人的腰肢。每当有男人在众人的注视下搂住一位陌生姑娘的腰，让她把手搭在自己肩上，里亚博维奇就感到愉快极了，但他无论如何也不能想象那个人是他自己。他也曾羡慕同伴们的胆大和灵巧，内心十分痛苦。他想到自己腼腆胆小、微微驼背、平平无奇，想到自己长长的腰身和猞猁一样的络腮胡子，便深感受伤，但多年以来他已习以为常，如今看着跳舞的人，或大声谈天的人，他已经不再羡慕，只是有些感伤。

卡德里尔舞开始了，小冯·拉贝克走到不跳舞的人跟前，请两位军官去打台球。军官们答应了，和他一起走出大厅。里亚博维奇无事可做，想随便加入什么人的活动，便慢吞吞地跟上他们。他们从大厅经过客厅，然后走过一条狭窄的玻璃走廊，从这儿走进一个房间，他们一出现，三个半睡半醒的仆人立刻从沙发上跳起来。小拉贝克和军官们穿过一连串房间，终于来到放台球桌的小屋子。他们便打了起来。

除了纸牌以外，里亚博维奇什么都没玩过。他站在台球桌旁，冷淡地看着打球的人。他们解开上衣，手里拿着球杆，走来走去，说俏皮话，嚷着一些让人听不懂的话。打台球的人没有理睬他，只是偶尔用胳膊肘碰到他，或者不小心用球杆戳着他的时候，才转过身说："Pardon①！"第一局还没结束，他就已经觉得烦闷，开始感到自己多余，打扰了人家……他想回大厅里去，便走了出来。

在回去的路上，他经历了一件小小的奇遇。走到半路他才发现自己走错了方向。他记得很清楚，路上应该还会遇见三个半睡半醒的仆人，但他已经走过了五六个房间，那些人就像是钻到地底下去了似的。

发现走错了路，他便折回一段，然后向右转

---

① Pardon：英语，意为对不起。——译者注

弯,便来到一间去台球厅的路上没见过的昏暗书房。他在这儿站了一会儿,犹豫不决地打开自己看见的第一扇门,走进一个漆黑的房间。正对面有一条门缝,透出明亮的灯光。门外隐约传来马祖尔卡舞曲那忧郁的乐声。和大厅里一样,这里的窗户全都敞开着,闻得到白杨、丁香和玫瑰的香气……

里亚博维奇停下来思考着……这时,他突然听见急促的脚步声和衣裙的窸窣声,一个气喘吁吁的女人的嗓音低语道:"你总算来了!"

两条柔软芬芳、毫无疑问属于女人的胳膊搂住了他的脖子,温暖的脸颊紧紧贴着他的脸颊,同时响起了一声亲吻。但那个吻他的人立刻轻轻叫了一声,里亚博维奇觉得,她似乎是厌恶地从他身边跳开。他也险些叫出声来,向着光亮的门缝跑去……

回到大厅以后他的心怦怦直跳,双手抖得明显极了,于是他赶忙把手藏到背后去。起初他十分羞愧，害怕整个大厅的人都知道他刚刚被女人抱过、吻过。他畏畏缩缩，不安地环顾四周，等他确信大厅里的人和从前一样平静地跳舞谈天，他整个人便沉浸在此生从未体验过的全新感受之中。他产生了奇怪的变化……他的脖子刚才被柔软芬芳的手臂搂过，感觉像抹了油似的，左边胡子旁的脸颊被陌生女郎亲吻过，有一种淡淡的、舒服的凉意，就像滴了薄荷水一样，他越是擦这地方，凉意就越明显。

他整个人从头到脚充盈着一种崭新而奇特的感觉，而且越来越明显……他想跳舞，谈话，跑到花园里，大声笑……他完全忘了自己有点儿驼背、平平无奇，忘了自己猞猁般的胡子和"貌不惊人"（有一回女人们这样谈论他的外貌，被他偶然听见）。

拉贝克夫人从他身边走过，他对她露出开朗而亲切的微笑，这使她停下脚步，疑惑地看着他。

"我太喜欢您的房子了！"他扶了扶眼镜说。

将军夫人笑了笑，说这座房子原先是她父亲的，接着便问他双亲是否健在，是不是已经服役很久了，怎么如此消瘦，等等。

得到所有问题的答复以后，她就继续向前走去，而他在同她谈话以后笑得越发亲切，认为自己身边都是一些顶好的人……

吃晚饭时，里亚博维奇漫不经心地吃着所有端上来的菜，喝着酒，什么也听不进去，只顾极力搞清楚不久之前的那场奇遇……这个奇遇具有神秘和浪漫的特质，但却不难解释。大概是某位小姐或太太和什么人相约在这个漆黑的房间里幽会，她等了很久，又紧张又兴奋，将里亚博维奇当成了自己的情人。可能还因为，里亚博维奇经过那个黑房间时停下来思索，看起来好像也在等什么人似的……里亚博维奇便是这样解释自己得到的那个吻。

"可她是谁呢？"他看着女人们的脸蛋想，"她一定很年轻,因为年纪大的女人不会去幽会。然后,从衣裙的窸窣、她的香气和嗓音能感觉到,她是个文雅的女人……"

他的目光停在淡紫色裙子的小姐身上,他很喜欢她。她有漂亮的肩膀和手臂,一张聪明的脸蛋和美妙的嗓音。里亚博维奇看着她,希望那个陌生女郎就是她,而不是别的什么人……但她不太真诚地笑了起来,皱起长长的鼻子,让他觉得老气,于是他把视线转向穿黑裙子的金发女郎。她更年轻、单纯和真诚,留着迷人的鬓发,正极其优雅地端着酒杯喝酒。现在里亚博维奇希望她是那个人。但他很快发现她的脸是扁平的,便看向她旁边的女人……

"真难猜,"他一边想着,一边向往不已,"如果只要淡紫色小姐的肩膀和手臂,加上金发女郎的两鬓,还有洛贝特科左边那个姑娘的眼睛,那么……"

他在脑海里把它们拼在一起,就凑成了那个亲吻他的姑娘的模样，但他所期望的那个模样，在这张饭桌上怎么也找不到……

晚饭以后，吃饱喝足的客人们开始告辞和道谢。主人们一再抱歉不能留他们过夜。

"见到你们非常非常高兴，先生们！"将军说，这一次是真心的（大概因为，人们送别客人时要比迎接时真诚和亲切得多），"非常高兴！回程路过的时候也欢迎来做客！不要客气！你们要往哪儿走？要从上面走吗？不，从花园穿过去吧，下面的路近一些。"

军官们走进花园。没有了明亮的灯光和喧嚣，花园里显得格外黑暗寂静。他们默默地走到小门跟前。全都醉醺醺、乐陶陶、心满意足，但黑暗和寂静立刻使他们寻思起来。大概他们每个人的念头都和里亚博维奇一样：会不会有一天，他们也会像拉贝克一样，有一所大房子，一个家，还有花园，他们也能招待别人，让别人酒足饭饱、心满意足，哪怕并不那么真诚？

从小门出来以后，他们一下子都说起话来，又没来由地大笑。他们已经走上了小路，这条下坡路通往河边，然后沿河而行，绕过岸边的灌木丛、水洼还有河面上的垂柳。河岸和小路勉强看得清楚，对岸则完全隐没在黑暗之中。漆黑的水面倒映着点点星光，它们摇曳着，荡漾着，只有这样才能看出水流的湍急。四周很安静。带着睡意的鹬鸟在对岸悲啼，这边的一株灌木丛里有只夜莺，它对这群军官不管不顾，抑扬婉转地高声歌唱。军官们在灌木丛边上站了一会儿，摸了摸它，夜莺仍旧唱着。

"真是好样的！"响起一片赞美声，"我们就站在旁边，它却毫不在意！真是个小机灵鬼！"

小路到了尽头开始上坡，在教堂的围墙边上同大路会合。军官们爬累了，就在这儿坐下抽烟。

对岸亮着暗红色的光。他们无事可做，就猜了很久，那是篝火呢，还是窗户里的灯光，还是别的什么……里亚博维奇也望着那光亮，他觉得这团光正向他微笑、眨眼，仿佛知道那个吻似的。

回到营地以后，里亚博维奇很快更衣上床。和他住在同一间小木屋的是洛贝特科，还有梅尔兹利亚科夫中尉，他是一个沉默寡言的年轻人。他圈子里的人都觉得他是有学问的军官，他总是随身带着一份《欧洲通报》[①]，一有机会就读它。洛贝特科脱了衣服，来回踱了很久，脸上的神情好像尚未尽兴似的，还派勤务兵去买啤酒。梅尔兹利亚科夫上了床，在床头点了根蜡烛，专心读《欧洲通报》。

"她是谁呢？"里亚博维奇盯着熏黑的屋顶想道。

[①] 《欧洲通报》：19世纪末至20世纪初俄国主要的自由主义杂志。——译者注

他感觉脖子仍然像抹了油似的，嘴边还能感觉到仿佛由薄荷水带来的凉意。淡紫色裙子小姐的肩膀和手臂，黑裙子的金发女郎的鬈发和真诚的眼睛，她们的腰肢、衣裙和胸针，都在他的想象中不断闪现。他竭力将注意力停留在这些模样上，但它们跳跃着，氤氲着，闪动着。在他闭上眼睛就能看见的那张宽阔的黑色背景上，这些模样完全消失了，他就开始听见急促的脚步声、衣裙的窸窣声、亲吻的响声，一股强烈的、没来由的快乐将他笼罩……他正沉醉在快乐之中，却听见勤务兵回来报告，说是没有啤酒。洛贝特科气得要命，又开始走来走去。

"喂，他是不是白痴？"他说，一会儿停在里亚博维奇面前，一会儿又站在梅尔兹利亚科夫身边，"连啤酒都弄不到，真是个蠢货和傻瓜！嗯？不会是个骗子吧？"

"在这里当然弄不到啤酒。"梅尔兹利亚科夫说，眼睛却没离开《欧洲通报》。

"是吗？您这么想？"洛贝特科还是没完没了，"我的上帝啊，就算把我扔到月亮上去，我也能立刻给你们弄来啤酒和女人！我这就去找……如果找不到，你们尽管骂我混蛋！"

他费了半天工夫穿上衣服，使劲套上大皮靴，默默地抽完一支烟，就动身了。

"拉贝克，格拉贝克，喇贝克，"他嘟囔着，却在过道里停下来，"我不想一个人去，真该死。里亚博维奇，想不想溜达一下？嗯？"

他没得到回应，便走回来，慢吞吞地脱了衣服，躺下了。梅尔兹利亚科夫叹了口气，把《欧洲通报》塞到一边，然后吹灭了蜡烛。

"好吧……"洛贝特科低声说着，在黑暗中点上一支烟抽起来。

里亚博维奇蒙住头，缩着身子，他开始在脑子里搜罗那些不断闪现的模样,把它们拼到一起,但怎么都没能成功。他很快就睡着了,最后他还在想,有人曾使他感到温存和愉悦,他的生活中发生了一件非同寻常、稀里糊涂,但却非常美好和快乐的事情。即便是在梦里,这个念头也没有离他而去。

等他醒来的时候,脖子上抹了油的感觉和唇边薄荷般的凉意都消失了,但快乐仍和昨天一样在胸中涌动。他喜悦地望着被旭日染成金色的窗框,仔细听着街上的动静。

有人在窗户根儿上大声说话。里亚博维奇的连长列别杰茨基刚刚赶到旅里,他不习惯小声说话,正高声和自己的司务长交谈。

"还有什么事?"连长嚷道。

"昨天换马掌的时候,长官,他们把小鸽子①的

---

① 小鸽子:马的名字。——译者注

蹄子钉伤了。医士用醋和了泥给它敷了。现在他们牵着它在边上走。另外,长官,昨儿个工匠阿尔捷米耶夫醉得厉害,中尉下令把他拴到备用炮架的前车上了。"

司务长还报告说,卡尔波夫忘了带拴小号的绳子和支帐篷的木桩,军官先生们昨晚去了冯·拉贝克将军家里做客。

他们正谈着话,列别杰茨基那长着红胡子的脑袋从窗口露出来。他眯起一对近视眼,瞧着军官们惺忪的睡脸,打起招呼来。

"一切都顺利吧?"他问。

"辕马让新套具磨破了耆甲。"洛贝特科打着哈欠答道。

指挥官叹口气,想了想,大声说:

"我还想到亚历山德拉·叶夫格拉福夫娜那儿去一趟,得去看看她。那就再见吧。晚上我就能赶上你们。"

一刻钟以后，炮兵旅开拔了。当他们沿着大路经过地主家谷仓的时候，里亚博维奇望向右边那座房子。窗户都遮着百叶帘。显然房子里的人还在睡觉。昨晚亲吻里亚博维奇的那个女人也在睡觉。他想象着她睡觉的样子。敞开的卧室窗户，向窗户里张望的绿色枝条，早晨的清新空气，白杨、丁香和玫瑰的气味，一张床，一把椅子，椅子上的裙子昨晚曾窸窣作响，精致的拖鞋，桌上的小表，这一切他都描绘得清清楚楚，但是她的面容、睡梦中可爱的微笑，恰恰是这些重要而特别的东西从他的想象中溜走了，就像水银从指缝中滑过一样。

走了半俄里，他回头望去：黄色的教堂、房子、河流和花园都洒满了阳光，河流夹在翠绿的两岸之间，河面倒映着蓝天，有的地方在太阳底下泛着银光，美极了。里亚博维奇最后看了一眼梅斯捷奇基村，他难过极了，仿佛离开了非常亲密的东西一样。

在旅途中，眼前尽是些熟悉又乏味的景象……左右两边是绿油油的黑麦和荞麦田，白嘴鸦在里面蹦蹦跳跳。往前看，只看见灰尘和后脑勺；往后看，也只看见灰尘和许多张脸……走在最前面的是四个提着军刀的人，这是前卫队。他们身后是一群歌手，歌手后面是骑马的司号员。前卫和歌手们像送殡队伍中举火把的人一样，常常忘记保持应有的距离，往前走出老远……

里亚博维奇挨着五连的第一门炮。走在他前面的四个连他全都看得见。正在行进的炮兵旅组成了一个冗长而笨重的队列，如果你不是军人，就会觉得它稀奇古怪，令人费解，乱七八糟。不明白为什么好多人围着一门大炮，为什么它被好多匹套着奇怪马具的马拉着，好像它真的多可怕、多沉重似的。

对里亚博维奇来说，一切都很明白，却也因此显得十分无趣。他早就知道，为什么每个连的前头都有一位魁梧的炮兵士官①骑着马与军官们同行，为什么他被叫作先行士官。这位炮兵士官身后是前套马的骑手，再往后是中套马的骑手。里亚博维奇知道，左边那些他们骑着的马叫鞍马，右边的叫副马，这些也很无聊。

骑手后面跟着两匹辕马。其中一匹上面坐着一名骑手，他背上还留着昨天的尘土，右腿上绑着一个笨重可笑的木块。里亚博维奇知道这个木块的用处，也就不觉得它可笑。不管有多少个骑手，他们都下意识地挥动短鞭，不时吆喝两声。

大炮也不好看。它的前面堆着几袋燕麦，用帆布盖着，炮身上挂满了水壶、士兵的背囊和小口

---

① 炮兵士官：沙俄时期的炮兵职务，负责指挥进行瞄准与射击。——译者注

袋,那样子就像一只不伤人的小动物,不知为何被人和马围了起来。

在它两侧背风的地方,六个炮手正甩着胳膊前进。这门炮的后面是另一拨先行士官、骑手和辕马,他们后面跟着另一门炮,和第一门一样不好看、不威风。第二门炮的后面还有第三门、第四门。第四门旁边也有一位军官,以此类推。这个旅一共有六个连,每个连有四门炮。队列绵延半俄里。殿后的是辎重车队,毛驴马加尔在旁边挪着步子,它那张丑脸可爱极了,一副若有所思的样子,长着长耳朵的脑袋耷拉着。它是一个连长从土耳其带来的。

里亚博维奇漠然地前后看看,瞧着那些后脑勺和脸。要是换了别的时候,他早就开始打盹了,但现在他整个儿沉浸在自己愉快的新念头里。起初,炮兵旅刚刚出发的时候,他想说服自己,关于这个吻的事之所以有趣味,仅仅因为它是一次小小的、神秘的奇遇罢了，其实不过是一件小事，为它费心思不免有点儿愚蠢。但他很快就把这些道理扔到一旁，沉浸到幻想中去了……

他一会儿想象自己在拉贝克家的客厅里，身边的姑娘像淡紫色小姐和黑衣服的金发女郎，一会儿又闭上眼睛，想着自己和另一个素不相识的姑娘在一起，她的面容很模糊，他在想象中跟她说话、温存，靠着她的肩膀，他想象着战争和分离，然后又重逢，跟妻子和孩子们吃晚饭……

"刹车！"每当下坡的时候，就会响起一声口令。

他也喊了一声"刹车"，生怕这声叫喊打断他的幻想，将他唤回现实……

经过一个地主的庄园时，里亚博维奇透过栅栏望向花园。映入眼帘的是一条长长的林荫小道，像尺子一样笔直，铺着黄色的沙土，两边种着小白桦树……

他开始想入非非，热切地想象女人小巧的双足踩在黄色沙土上，突然之间，那个亲吻他的姑娘，那个他在昨天晚饭时想象出来的姑娘，在他的幻想中清晰地显露出来。她的模样留在他的脑海中，不再离他而去。

正午时分，从后面的辎重车队传来喊声：

"立正！向左看！军官先生们！"

旅长是位将军，坐着两匹白马拉的车子驶了过来。他在二连停下，嚷了一些谁也听不懂的话。几个军官骑马跑到他跟前，里亚博维奇也在其中。

"怎么样？什么？"将军眨着发红的眼睛问，"有病号吗？"

听到答复以后，这位身材瘦小的将军吧嗒着嘴，想了想，对其中一位军官说：

"你们第三炮的辕马骑手把护膝摘掉挂在了车

辕上，这个混蛋。得处罚他。"

他抬眼看着里亚博维奇，接着说：

"你们的辕套好像太长了……"

将军又提了几个无聊的意见，看了看洛贝特科，微微一笑。

"您今天可真是愁容满面啊，洛贝特科中尉，"他说，"在想洛普霍娃？嗯？先生们，他在想念洛普霍娃呢！"

洛普霍娃是位丰满高大的太太，早已年过四十。将军偏爱大块头的女人，不论她们年方几何，便猜想自己手下的军官们也有这种偏好。军官们恭恭敬敬地笑着。旅长对自己这番好笑又刻薄的话十分满意，高声大笑起来，碰了碰马车夫的背，然后行了个军礼。马车便扬长而去……

"我现在所幻想的一切，还有令我感到不可思议和不切实际的一切，其实都很平常，"里亚博维奇看着将军马车后面扬起的烟尘,想道,"这一切都很平常,所有人都经历过……比如,这位将军就曾坠入爱河,如今已经结婚生子。瓦赫捷尔大尉的红色后脑勺很难看,还是个水桶腰,但他也结了婚,有人爱……萨尔曼诺夫很粗鲁,还是个十足的鞑靼人,但他也恋爱过,最后还结了婚……我和大家一样,早晚也会经历大家经历过的事……"

他想到自己是个平常人,自己的生活也平平常常,这个念头使他变得快乐和振奋起来。他便随着心意大胆地描绘她和他自己的幸福,再没有什么能够束缚他的想象……

傍晚时分,炮兵旅到达目的地,军官们在帐篷里歇息。里亚博维奇、梅尔兹利亚科夫和洛贝特科围坐在箱子边吃晚饭。梅尔兹利亚科夫不慌不忙地吃着,一边细嚼慢咽,一边看放在膝盖上的《欧洲通报》。洛贝特科说个不停,一直往自己杯子里倒啤酒。里亚博维奇做了一整天美梦,脑袋迷迷糊糊,只管默默喝酒。三杯下肚他就醉了,身子发软,忍不住想和同伴们分享自己的新感觉。

"我在拉贝克家里遇到一件怪事儿……"他开口说,极力让自己的声音显出冷静和嘲弄的语气,"你们知道吗,我去了台球厅……"

他开始仔仔细细讲述那个吻的故事,一分钟后就停了下来……在这一分钟里他就讲完了一切,竟然只需要这么短的时间,这使他大吃一惊。他以为能把这个吻一直讲到早晨呢。

洛贝特科撒过太多谎,因此他谁也不信,他听里亚博维奇讲完,怀疑地看着他,笑了一声。梅尔兹利亚科夫挑了挑眉毛,眼睛没离开《欧洲通报》,平静地说:

"上帝才晓得是怎么回事!……连名字都没叫一声,就扑到你的脖子上……大概是个心理变态。"

"对，大概是个心理变态……"里亚博维奇表示赞同。

"有一回我也遇到过这种事儿……"洛贝特科说，露出害怕的眼神，"去年我坐车去科夫诺①……买的二等票……车厢里挤得满满当当，没法睡觉。我塞给列车员半个卢布……他拿着我的行李，带我去了包厢……我躺下来盖上被子……当时很黑，你们知道吗？突然感觉有人碰我的肩膀，对着我的脸喘气。我用手摸了一下，碰到了不知是谁的胳膊肘……我睁开眼睛，你们猜怎么着，是一个女人！黑黑的眼睛，两片红嘴唇就像一条新鲜的鲑鱼，情欲从她鼻孔里喷薄而出，还有那对大胸脯……"

"对不起，"梅尔兹利亚科夫平静地打断了他，"关于胸脯我能明白，但是那么黑，您怎么能看得

---

① 科夫诺：今位于立陶宛，过去曾是俄国的一个省。——译者注

清嘴唇呢？"

洛贝特科开始狡赖，嘲笑梅尔兹利亚科夫脑筋迟钝。这使里亚博维奇感到讨厌。他从箱子边走开，躺在床上，暗自发誓再也不吐露心事。

野营生活开始了……千篇一律的日子一天天过去。这些天里，里亚博维奇的感受、思绪和举止都像个恋爱的人一样。每天早上勤务兵给他端水洗脸，他往头上浇冷水的时候总会想起，他的生活里有了一件美好而温暖的事。

每天晚上同伴们聊起爱情和女人，他都认真听着，走得近一些，脸上露出那种神情，就像亲历过某次战役的士兵听人讲述它一样。有的夜里，"猎犬"洛贝特科领着醉醺醺的尉官们到"自由村①"寻欢作乐，参加过这种玩乐之后，里亚博维奇总是

---

① 自由村：俄国农奴制时期自由居民的大村庄。——译者注

很难过，感到自己犯了大错，暗自向"她"祈求原谅……若是无所事事，或夜里难以入眠，他就喜欢回忆童年、父亲、母亲，回忆一切亲密的东西，每到这时，他也一定会想起梅斯捷奇基村、那匹怪马、拉贝克、他那酷似欧仁妮皇后的妻子、漆黑的房间和透着光的门缝……

八月三十一日，他从营地返回，但不是跟整个旅，而是跟两个连同行。

路上他一直幻想着，激动着，就像要回家乡似的。他渴望再见到那匹怪马、那个教堂、不真诚的拉贝克一家和那个漆黑的房间。"内心的声音"常常使恋爱的人失望，不知为何却悄声对他说，他一定会见到她……

他被许多问题折磨着：他会怎样和她相见？该和她说些什么？她是不是已经忘了那个吻？他想，就算是最坏的结果，他连她的面都见不到，那么只要能在那个黑房间里走一走,回忆一番,他就心满意足了……

傍晚时分,地平线上出现了熟悉的教堂和白色的谷仓。里亚博维奇的心怦怦直跳。旁边骑着马的军官跟他说了些什么,他一个字也没听,把一切抛到脑后,贪婪地望着远方闪闪发光的河流,那座房子的屋顶,还有那个鸽子窝,一群鸽子沐浴着夕阳的余晖在它上面盘旋。

他们来到教堂边上。等设营官分配的时候,他时时刻刻盼望着骑马的人出现在教堂的围墙后面,请军官们去喝茶,但是……设营官说完了话,军官们从马上下来,慢吞吞地向村子里走去,那个骑马的人却没有出现……

"拉贝克很快就会从农夫那里听说我们来了,便会派人来邀请我们。"里亚博维奇想,他走进小木屋,不明白为什么同伴点上了蜡烛,为什么勤务兵忙着摆茶炊……

他坐立不安。躺下了，又爬起来，望向窗外，看骑马的人是不是来了。但骑马的人没来。他又躺下，过了半个小时便爬起来，因为焦躁难耐，他便来到街上，向教堂走去。围墙边的广场上昏暗沉寂……三个士兵站在下坡的地方，一言不发。一看见里亚博维奇他们就直起身子，行了个礼。他举手回礼，沿着熟悉的小路向下走去。

河对岸的天空一片绯红。月亮升起来了。两个农妇大声说着话，在菜园里到处走着摘白菜叶。菜园后面是几间黑黢黢的小木屋……这边岸上的一切都跟五月的时候一样：小路、灌木丛、河面上的垂柳……只是听不见那只勇敢夜莺的歌声，也闻不到白杨和青草的味道。

里亚博维奇来到花园，往小门里瞧。花园里昏暗而宁静……只看得见近处的白桦树那白色的树干,还有一截林荫小道,剩下全都漆黑一片。里亚博维奇贪婪地倾听着,凝视着,可是他站了一刻钟,既没听见一点儿声响,也没看见一点儿光亮,他就慢慢地往回走……

他来到河边。将军的浴棚和挂在小桥栏杆上的被单出现在他面前……他走到小桥上,站了一会儿,随手摸了摸被单。被单又粗又凉。

他向下看着河水……河流湍急,在浴棚的木桩旁发出轻微的潺潺声。一轮红月倒映在左岸的河面上,涟漪从它的倒影里漂过,把它拉长,撕碎,好像要把它带走似的……

"太蠢了!太蠢了!"里亚博维奇望着奔流的河水想,"这一切太不明智了!"

如今他不再期待什么,这才看清了那个吻的故事,还有他的焦急和模糊的期盼与失望。他没有等到将军派来的骑手,他再也见不到那个偶然把他当成别人亲吻的姑娘,他却也不觉得奇怪,相反,如果他见到了她,那才奇怪呢……

河水没有方向、没有目的地奔流着。五月里它也是这样流淌。五月的河水由小溪汇入大河,从大河流进大海,然后化为蒸汽,变成雨水。也许,如今在里亚博维奇眼前流过的,仍是那时的河水……这是为什么?为什么呢?

里亚博维奇觉得,整个世界和整个生活都像一个令人费解的、毫无目的的玩笑……他将目光从水面移开,看了看天空,又想起命运如何化作一位陌生的女人,偶然给予他一点温存,他想起这个夏天的幻想和他想象出的那些模样,感到自己的生活分外贫乏、平凡、没有光彩……

当他回到小木屋里,一个同伴也没见到。勤务兵报告说,冯特里亚布金①将军派了个骑马的人前

---

① 冯特里亚布金:勤务兵把冯·拉贝克的名字念错了。——译者注

来相请，他们都到将军家里去了……

一瞬间，里亚博维奇胸中泛起一股喜悦，但他立刻将它扑灭，躺到床上，他成心和命运作对，好像要惹恼它似的，偏不到将军家里去。

（1887年）

郭小诗　译

遛小狗的女人

一

听说堤岸上出现了一个陌生人：一个遛小狗的女人。德米特里·德米特里奇·古罗夫已经在雅尔塔生活了两个星期，对这个地方已经熟悉，也开始对这陌生女人发生了兴趣。他坐在韦尔奈的售货亭里，看见堤岸上有一个年轻的金发女人在走动，她身材不高，戴一顶无檐软帽，身后跟着一条白毛狮子狗。

后来他在本城的公园和街心小公园里遇见她，一天见到好几次。她一个人散步，老是戴着那顶软帽，带着那条白毛狮子狗。谁也不知道她是谁，便简单地管她叫"遛小狗的女人"。

"如果她没有跟丈夫住在这儿,也没有熟人,"古罗夫暗自思忖,"不妨跟她认识一下。"

他还不到四十岁,可是已经有一个十二岁的女儿和两个上中学的儿子了。他结婚很早,当时他还是大学二年级的学生,他妻子看起来年纪要比他大一倍半似的。他妻子高高的身架,生着两道黑眉毛,直率,尊严,庄重,按她对自己的说法,她是个有思想的女人。她读过很多书,在信上不写"ъ"这个硬音符号,不叫她的丈夫德米特里而叫吉米特里;他呢,私下里认为她浅薄,小心眼,缺少风雅,他怕她,所以不喜欢待在家里。他早已开始背着她跟别的女人厮混,而且不止一次了,大概就是因为这个缘故,他一说起女人几乎全没有好话;每逢人家在他面前谈到女人,他总是这样称呼她们:"卑贱的人种!"

他认为自己已经吃够了苦头，可以随意骂她们了，话虽如此，只要他一连两天身边没有那个"卑贱的人种"，日子就没法过。他跟男人相处觉得乏味，不称心，跟他们没有多少话好谈，冷冷淡淡。可是到了女人堆里，他就如鱼得水，自由自在，知道该跟她们谈什么，该采取什么态度，甚至跟她们不讲话的时候也觉得很通体畅快。他的相貌、他的性格、他的全身心有一种迷人的、不可捉摸的东西，颇博得女人的好感，吸引她们。这一点他心中有数，同时也有一种力量诱使他混到女人堆里去。

多次的经验，确实是惨痛的经验，使他懂得：跟正派女人相好，特别是跟优柔寡断、迟疑不决的莫斯科女人相好，起初倒还能够给生活添一点儿愉快的变化，平添点儿轻松可爱的生活小波澜，过后却不可避免地演变成为非常复杂的大问题，最后情况就变得令人难以忍受了。可是每一次他新遇见一个有趣味的女人，总要把这种经验丢到了九霄云外。他渴望生活，于是一切都显得十分简单而引人入胜了。

有一天将近傍晚，他正在公园里吃饭，那个戴软帽的女人慢慢走过来，要在他旁边的一张桌子坐下。她的神情、步态、服饰、发型都告诉他，她是一个上流社会的女人，是名有夫之妇，是头一次来雅尔塔，孤身一人，觉得挺寂寞……

那些有关本地风气败坏的传闻，有许多是假的，他并不放在心上，知道这类传闻大多是那些只要自己有办法也很乐意犯点儿罪的家伙捏造出来的。可是等到那个女人在离开他只有三步之遥的那张桌子边坐下，他就不由得想起那些关于风流艳遇和登山旅行的传闻，于是，来一次快捷而短暂的结合，跟一个身世不明、连姓甚名谁都不知道的女人干一回风流韵事这样的诱人想法就突然控制了他。

他好声好气地招呼那条狮子狗，一等它走近，他却摇着手指头吓唬它。狮子狗就汪汪地叫起来。古罗夫又摇着手指头吓唬它。

那个女人瞟他一眼，立刻低下眼睛。

"它不会咬人。"她说，脸红了。

"可以给它一根骨头吃吗？"等到她肯定地点一下头，他就和颜悦色地问道，"您来雅尔塔很久了吧？"

"快五天了。"

"我可在这儿待了两星期了。"

他们沉默了片刻。

"时间过得很快，可这儿又那么沉闷！"她说，眼睛没有看他。

"要说这儿沉闷，这不过是一种惯常的说法罢了。一个居住在内地城市别廖夫或者日兹德拉的市民,倒不觉得沉闷,可是一到这儿反说:'唉,沉闷啊!哎,好大的灰尘!'人家会以为他是从格林纳达①来的呢。"

她嫣然一笑。后来这两个人继续沉默地吃饭,果真像两个素不认识的人,可是吃过饭后他们并排走着,开始了一场说说笑笑的轻松交谈,看那架势只有那种自由自在而心满意足、不管到哪儿去或者不管聊什么都无所谓的人才会这样交谈。他们一面散步,一面谈到海面奇怪的闪光,海水现出淡紫的颜色,那么柔和而温暖,月光下,水面上荡漾着几条金黄色的长带;他们谈到炎热的白昼过去以后天气多么闷热。

古罗夫说他是莫斯科人,在学校里学的是语言

---

① 格林纳达:指格林纳达岛,位于西印度群岛中向风群岛南部。——译者注

文学，然而在一家银行里供职，一度打算在一个私人的歌剧团里演唱，可是后来不干了，他在莫斯科有两所房子……他从她口中知道她是在彼得堡长大的，可是出嫁以后就住到C城去，已经在那儿住了两年，她在雅尔塔还要住上一个月，说不定她丈夫也会来，他也想休养一阵。至于她丈夫在什么地方工作——在省政府呢，还是在本省的地方自治局，她却无论如何也说不清楚，连她自己也觉得好笑。古罗夫还打听清楚她的芳名叫安娜·谢尔盖耶芙娜。

后来，他在自己的旅馆里想起她，想到明天想必会跟她见面。这是必然的。他上床躺下，想起她不久以前还是个寄宿女子中学的学生，还在念书，就跟现在他的女儿一样；想起她笑的时候，跟生人谈话的时候，还那么腼腆，那么局促不安。大概这是她生平头一次处在孤身一人的环境里吧，而在这种环境里，人们纯粹出于一种她不会不懂的秘密目的跟踪她，注意她，跟她说话；他想起她的细长的脖子和她那对美丽的灰色眼睛。

"总之，她那模样儿倒真楚楚可怜。"他想着，昏昏睡过去了。

二

他俩相识后过去了一个星期。这一天是节日。房间里闷热,而街道上刮着大风,灰尘满天飞,吹掉人的帽子。人们整天都口干舌燥想喝点儿什么,古罗夫屡次到那个售货亭去,时而请安娜·谢尔盖耶芙娜喝果汁,时而请她吃冰激凌。大家简直不知躲到哪儿去才好。

傍晚风小了一点儿,他们就在防波堤上来来去去,看客轮到来。码头上有许多散步的人。他们聚在这儿,手里拿着花束,预备迎接什么人。这一群装束考究的雅尔塔人让人一眼就看出两个显著的特点：一是上了年纪的太太们打扮得跟年轻女人一样，二是将军很多。

由于海上起了风浪，轮船来迟了，到太阳下山以后才来，而且在靠拢防波堤以前，花了很长时间掉头。安娜·谢尔盖耶芙娜举起带柄眼镜瞧着轮船，瞧着乘客，好像在寻找熟人似的。等到她转过身来对着古罗夫，她的眼睛闪闪发亮。她说了很多，问的话前言不搭后语，而且刚刚问完就马上忘了问的是什么，后来在人群中把带柄眼镜也失落了。

装束考究的人群已经走散，一个人也看不见了，风完全停息，可是古罗夫和安娜·谢尔盖耶芙娜却还站在那儿，好像等着看轮船上还有没有人下来。安娜·谢尔盖耶芙娜不再说话，不停地闻一束花，眼睛没有看古罗夫。

"天气到傍晚好一点儿了，"他说，"可是现在我们到哪儿去呢？我们要不要坐马车到什么地方去兜风?"

她没有回答。

他定睛瞧着她,忽然搂住她,吻她的嘴唇,花束的香味和潮气向他扑来,他立刻战战兢兢地往四下里看:有没有被人看见?

"我们到您的旅馆里去吧……"他轻声说。

两个人很快走了。

她的旅馆房间里闷热,弥漫着一股她在一家日本商店里买来的香水气味。古罗夫瞧着她,心里暗想:"生活里碰到的人可真是形形色色!"

在他的记忆里,保留着以往一些无忧无虑、心地忠厚的女人的形象,她们由于爱情而高兴,感激他带来的幸福,虽然这幸福十分短暂。但也保留着另一些女人的印象,例如他的妻子,她们不真诚,说过多的话,装腔作势,感情病态,从她们的神情看来,好像这不是爱情,不是情欲,而是在干一种具有重大意义的事情似的。另外还保留着两三个女人的印象,她们长得很美,内心却冷如冰霜,脸上忽而会掠过一种猛兽般的贪婪神情和固执的愿望,想向生活索取和争夺生活所不能给予的东西,这种女人年纪已经不轻,为人任性,不通情达理,十分专横,头脑不聪明,好发号施令。每逢古罗夫对她们冷淡下来,她们的美貌总是在他心里引起憎恶,她们衬衣的花边在他的眼睛里就成了鱼鳞了。

可是眼前这个女人却还那么腼腆,流露出缺乏经验的青年人那种局促不安的神情和别别扭扭的心态。她给人一种惊慌失措的印象,生怕有人会出其不意来敲门似的。安娜·谢尔盖耶芙娜,这个"遛小狗的女人",对待刚发生过的事情的态度有点儿特别,看得十分严重,好像这是她堕落了,至少看上去是这样,而这是奇怪的,不合时宜的。

她垂头丧气，无精打采，长发忧伤地挂在她脸的两侧，她带着沮丧的样子呆呆地出神，好像古画上那个犯了罪的女人①。

"这不好，"她说，"现在头一个不尊重我的便是您了。"

房间里的桌子上有一只西瓜。古罗夫给自己切了一块，慢慢吃起来。在沉默中至少过了半个钟头。

安娜·谢尔盖耶芙娜神态动人，从她身上散发出一个正派的、纯朴的、阅世不深的女人的纯洁气息。桌子上点着一支孤零零的蜡烛，几乎照不清她的脸，不过还是看得出来她心绪不宁。

"我怎么能不再尊重你呢？"古罗夫问，"你自

---

① 此处指"抹大拉的马利亚"。据《圣经》载，她本是个妓女，因受耶稣感化，忏悔了过去的罪恶。她的形象在文艺复兴时代的绘画中曾多次出现。——译者注

己都不知道你在说什么了。"

"求上帝饶恕我吧!"她说,眼睛泪水盈盈,"多可怕。"

"你仿佛在替自己辩白。"

"我有什么理由替自己辩白?我是个下流的坏女人,我看不起自己,我根本没有替自己辩白的意思。我所欺骗的不是我的丈夫,而是我自己。而且也不光是现在,我早就在欺骗我自己了。我丈夫也许是个诚实的好人,可是要知道,他是个奴才!我不知道他在那儿干些什么事,怎样工作,我只知道他是个奴才。我嫁给他的时候才二十岁,好奇心在作怪,我巴望过好一点儿的日子,我对自己说:'一定有另外一种不同的生活。'我一心想生活得好!我要生活,生活……好奇心刺激着我……这您是不会了解的,可是,我对上帝起誓,我已经管不住自己了,我起了变化,什么东西也没法约束我了,我就对我的丈夫说我病了,我就到这儿来了……到了这儿,我老是走来走去,着了魔,发了疯似的……现在呢,我变成一个庸俗下贱的女人,谁都会看不起我了。"

古罗夫已经听腻了。那种天真的口气,那种十分意外而大煞风景的忏悔,惹得他很不痛快。要不是她眼里含着泪水,就可能认为她是在开玩笑或者装腔作势。

"我不明白,"他轻声说,"你到底要什么?"

她把脸埋在他的胸脯上,依偎着他。

"请您相信我的话,务必相信我的话,我求您……"她说,"我喜欢正直、纯洁的生活,讨厌犯罪,我自己也不知道我在干什么。人们常说:这是鬼迷心窍。现在我也可以这样说我自己:鬼迷了我的心窍。"

"得了,得了……"他嘟哝说。

他瞧着她那对呆滞、惊魂未定的眼睛，吻她，亲热地轻声说话，她就渐渐平静下来，重又感到快活，于是两个人都笑了。

后来，等他们走出去，堤岸上已经一个人影儿也没有了，这座城市以及它那些柏树显得寂静无声，然而海水还在哗哗地响，拍打着海岸，一条汽艇在海浪上颠簸，汽艇上的灯光睡意蒙眬地闪烁着。

他们雇了一辆马车，要到奥列安达去。

"刚才我在楼下前厅里看到你的姓，那块牌子上写着冯·季杰利茨，"古罗夫说，"你丈夫是德国人？"

"不，他祖父好像是德国人，然而他本人却是东正教徒。"

到了奥列安达，他们坐在离教堂不远的一条长凳上，瞧着身下的海洋，默默不语。透过晨雾，雅尔塔朦朦胧胧，模糊不清，白云一动不动地停在山顶上。树上的叶子纹丝不动，知了在叫，单调而低沉的海水声从下面传上来，叙说着安宁，叙说着那种在等候我们的永恒的安息。当初此地还没有雅尔塔，没有奥列安达的时候，下面的海水就这样哗哗地响，如今还在哗哗地响，等我们不在人世，它仍旧会这么冷漠而低沉地哗哗响。

这种永恒中，这种对我们每个人的生和死完全无动于衷，也许包藏着一种保证：我们会永恒地得救，人间的生活会不断地运行，不断日臻完善。古罗夫跟一个在黎明时刻显得十分美丽的年轻女人坐在一起，面对着这神话般的环境，面对着这海，这山，这云，这辽阔的天空，不由得心境平静下来，心醉神迷，暗自思忖：如果往深里想一想，那么实际上，这个世界上的一切都是美好的，唯独在我们忘记生活的最高目标，忘记我们人的尊严的时候所思所做的事情是例外。

有个人,大概是巡夜人吧,走过来,朝他们看了看,就走开了。这件小事显得那么神秘,而且也挺美。可以看见有一条从费奥多西亚来的轮船开到了,船身披着朝霞,船上的灯已经熄灭。

"草上有露水了。"沉默以后,安娜·谢尔盖耶芙娜说。

"是啊,该回去了。"

他们回到了城里。

后来,他们每天中午在堤岸上见面,一块儿吃早饭,吃午饭,散步,欣赏海洋。她抱怨睡眠不好,心跳得不稳;她老是提出同样的问题,一会儿因为嫉妒而激动,一会儿又担心他不十分尊重她。在广场的街心花园里或者大公园里,每逢他们附近一个人也没有的时候,他就会突然把她拉到身边,热烈地吻她。彻底的闲适,这种在阳光下的接吻以及左顾右盼、生怕有人看见的担忧，炎热，海水的气息，再加上闲散的、装束考究的、吃饱喝足的人们不断在他眼前闪过——这一切的一切仿佛使他新生了。他对安娜·谢尔盖耶芙娜说，她多么美，多么迷人，他灼热的情欲令他一步也不肯离开她的身旁，而她却常呆呆地出神，老是要求他承认他不尊重她，一点儿也不爱她，只把她看作一个下流的女人。几乎每天傍晚，夜深了，他们总要坐上马车出城走一趟，到奥列安达去，或者到瀑布那儿去。这种游玩总是很尽兴，他们得到的印象每一次都必定是美好而庄严的。

他们在等她的丈夫到来。可是他寄来一封信，通知她说他的眼睛出了大毛病，要求他的妻子赶快回去。安娜·谢尔盖耶芙娜就着急起来。

"我走了倒好，"她对古罗夫说，"这也是命运注定的。"

她坐上马车走了,他送她去。他们走了一整天。等到她在一列特别快车的车厢里坐定,等到第二遍钟声敲响,她就说:"好,让我再看您一回……再看一眼。这就行了。"

她没有哭,可是神情忧伤,仿佛害了病,她的脸在抽搐。

"我会想念您……想念您,"她说,"求主跟您同在,祝您万事如意。我有什么不好的地方,您也别记着。我们永别了,这也是应当的,因为我们就不该相遇。好,求主跟您同在。"

火车很快地开走,车上的灯火消失,过一会儿连轰隆声也听不见了,好像什么事物都串通一气,极力要赶快结束这场美梦、这种疯狂似的。古罗夫孤身一人留在月台上,瞧着黑暗的远方,听着蚤斯的叫声和电报线的呜呜声,觉得自己好像刚刚睡醒过来。他心里暗想:如今在他的生活中又添了一次奇遇，或者一次冒险，而这件事也已经结束，如今只剩下回忆了……

他感动，悲伤，生出一点儿淡淡的懊悔。殊不知，从此他再也见不到这个年轻的女人了，她跟他一起其实并没有得到幸福。他对她亲热，倾心，然而在他对她的态度里，在他的言语和温存里，仍旧微微地露出讥诮的阴影，露出一个年纪差不多比她大一倍的幸福男子的带点儿粗鲁的傲慢。她始终说他心好，不平凡，高尚。显然，在她的心目中，他跟他的本来面目不同，这样说来，他无意中欺骗了她……

这儿，在车站上，已经有秋意，傍晚很凉了。

"我也该回北方去了，"古罗夫走出站台，暗想，"是时候了！"

三

莫斯科，家家都已经是过冬的样子了，炉子生上火。早晨孩子们准备上学、喝早茶的时候，天还很暗，保姆还要点上一会儿灯。严寒天已经开始。下头一场雪的时候，人们第一天坐上雪橇，见到白茫茫的大地，白花花的房顶，呼吸柔和而舒畅，就会心旷神怡，这时候不由得会想起青春的岁月。老椴树和桦树蒙着重霜而变得雪白，现出一种忠厚的神情，比柏树和棕榈树更贴近人心，近处有了它们，人就无意去遥想山峦和海洋了。

古罗夫是莫斯科人，他在一个晴朗、寒冷的日子回到莫斯科，等到他穿上皮大衣，戴上暖和的手套，沿彼得罗夫卡大街信步走去，星期六傍晚听见教堂的钟声，不久前的那次旅行和他到过的那些地方对他来说全失去了魅力。

他渐渐沉浸在莫斯科的生活中，每天兴趣盎然地读三份报纸，却说他原则上是不读莫斯科报纸的。饭馆、俱乐部对他已有了吸引力，他也热衷于宴会、纪念会，家里有著名的律师和演员出入，要不他在医师俱乐部里跟教授一块儿打牌，这一切让他容光焕发。他已能吃完整份用小煎锅盛着的酸白菜焖肉了……

他觉得，再过上个把月，安娜·谢尔盖耶芙娜在他的记忆里就会被一层浓雾所遮盖，只有她迷人的笑容偶尔像其他人那样出现在他的梦境中。可是过了一个多月，隆冬来了，在他的记忆里一切还非常清晰，仿佛昨天他才跟安娜·谢尔盖耶芙娜分手似的。

回忆反而越来越强烈,不论是在宁静的傍晚,在书房里听到传过来的孩子们复习功课声,还是在饭馆里听见抒情歌曲,听见风琴声,或者是暴风雪在壁炉里哀鸣,往事全都会在他的记忆里复活:防波堤上的情事,山上那烟笼雾罩的清晨,从费奥多西亚开来的轮船,亲吻,等等,无不历历在目。他久久地在书房里来回走动,回想往事,笑容可掬。接着回忆化成幻想,想象中,过去的事就跟将来会发生的事混淆起来。安娜·谢尔盖耶芙娜没有到他的梦中来,可是她如影随形跟他到处走,寸步不离。他一闭眼就看见她活生生地站在他面前,显得越发妩媚,越发年轻、温柔。他自己也显得比原先在雅尔塔的时候更英俊。每到傍晚她总是从书柜里,从壁炉里,从角角落落里端详他,他听见她的呼吸声、她衣服亲切的窸窣声。在街上他的目光常常跟踪来往的女人，想找一个跟她长得相像的人……

一种强烈的愿望折磨他，他渴望把这段回忆跟什么人说说。然而在家里是不能谈自己的爱情的，而在外面又找不到一个可谈之人。跟房客们谈不行，在银行里也不妥。谈些什么呢？莫非那时候他真的爱上她了？莫非他跟安娜·谢尔盖耶芙娜的那段关系中真的有什么优美的，诗情画意的，或者有教益的，或者干脆有意义之处吗？要谈的只能是含含糊糊泛泛地谈爱情，谈女人，谁也猜不出到底是怎么回事，只有他的妻子扬起两道黑眉毛，说：

"吉米特里，你可不配扮演花花公子的角色。"

一天夜间，他同一个刚刚一块儿打过牌的文官走出医师俱乐部，忍不住说："知道吗，我在雅尔塔认识了一个多迷人的女人！"

那个文官坐上雪橇，走了，可是突然回过头来，喊道：

"德米特里·德米特里奇！"

"什么事？"

"方才您说得对，那鲟鱼肉……确实有点儿臭味儿！"

这句平平常常的话，不知为什么惹得古罗夫火冒三丈，他觉得对方的话太肮脏，带有侮辱性。多么野蛮的习气，什么样的人啊！多么无聊的夜晚，多么乏味、平庸的白天啊！狂赌，吃喝，酗酒，翻来覆去一套陈词滥调，无谓的忙碌和无聊的谈话占去了人的大好时光，耗费了人们最好的精力，到头来只剩下猥琐平庸而狭隘的生活，人生无异短了翅膀，缺了尾巴，走不开，逃不脱，仿佛被关在疯人院里或者监狱的强制劳改队里！

古罗夫通宵没睡，满腔愤慨，头痛了整整一天。第二天晚上他辗转反侧，睡下去又起来，心事重重，要么从这个墙角走到那个墙角。孩子令他讨厌,银行使他心烦,哪儿都不想去,什么话也不想说。

在十二月的假期中,他准备好出一趟门,对妻子说,他要到彼得堡去为一个青年人张罗一件事,可是他去了C城。干什么去?他自己也说不清。他想见安娜·谢尔盖耶芙娜一面,跟她谈谈,如果可能的话,就约她出来相会。

他到C城的时候是早晨,在一家旅馆里租了一个顶好的房间,房间里整个地板上铺着灰色的军用呢毯,桌子上有一只墨水瓶,上面蒙着灰色尘土,瓶上雕着一个骑马的人像,举起一只拿着帽子的手,脑袋却掉了。看门人给他提供了必要的消息:冯·季杰利茨住在老冈察尔纳亚街他的私宅里,房子离旅馆不远,他生活优裕,阔气,自己有马车,全城的人都认识他。看门人把他的姓念成了"德雷迪利茨"。

古罗夫慢慢地往老冈察尔纳亚街走去,找到了那所房子。那所房子的对面正好立着一道灰色的围墙，很长，墙头上戳着钉子。

"谁见着这样的围墙都会逃跑。"古罗夫看了看窗子，又看了看围墙，心想。

他心里盘算：今天是机关不办公的日子，她的丈夫大概在家。再者，闯进她家里去，害得她难堪，那也不是上策。送一封信去吗？要是信落到她丈夫手里，那就可能把事情弄糟。不如看机会吧。他一直在街上围墙旁边走来走去，等机会。

他看见一个乞丐走进大门，一些狗向他扑过来，后来，过了一个钟头，他听见弹钢琴的声音，琴声低微含混。大概是安娜·谢尔盖耶芙娜在弹琴吧。前门忽然开了，一个老太婆从门口走出来，后面跟着那条熟悉的白毛狮子狗。古罗夫想叫那条狗，可是他的心忽然剧烈地跳动起来，他由于兴奋一时忘了那条狮子狗叫什么名字了。

他走过来，走过去，越来越痛恨那堵灰色的围墙，就气愤地暗想安娜·谢尔盖耶芙娜已忘了他，也许已经在跟别的男人相好，而这在一个从早到晚只能瞧着这堵该死围墙的年轻女人，在这种处境下她这么做，说来也是顺理成章的。他回到旅馆房间里，在一张长沙发上坐了很久，不知如何是好，然后吃午饭，饭后睡了很久。

"多愚蠢，多恼人啊，"他醒过来后，眼望暗黑的窗子，原来已经是黄昏时分了，"不知为什么我倒睡足了。那么晚上我干什么好呢？"

他坐在床上，床上铺着一条灰色的、廉价的、像医院里病人盖的被子，他懊恼得挖苦自己说：

"倒是去会会那遛小狗的女人吧……去搞风流韵事吧……可你只能在这儿呆坐着。"

这天早晨他还在火车站的时候，有一张用很大的字写的海报映入他的眼帘:《盖伊霞》[①]首次公演。他想起这事,就坐车到剧院去。

"是首次公演的戏,她有可能去看。"他想。

剧院里座无虚席。这儿像内地一般剧院一样,枝形吊灯架的上边弥漫着一团迷雾,顶层楼座那边吵吵嚷嚷。开演前,头一排的当地大少爷们站在那儿,手抄在背后。省长的包厢里头一个座位上坐着省长的女儿,围着毛皮的围脖,省长本人却谦虚地躲在门帘后面,人们只看得见他的两条胳膊。舞台上的幕布晃动着,乐队花了很长时候调好了音。观众们纷纷进来找位子,古罗夫一直在热切地用眼睛搜索。

安娜·谢尔盖耶芙娜果然进来了。她坐在第三排,古罗夫一眼瞧见她,他的心缩紧了,他这才清

---

① 《盖伊霞》:当时俄国流行的一个由英国作曲家琼斯(1861—1946)创作的轻歌剧。——译者注

楚地体会到如今对他来说，全世界再也没有一个比她更亲近、更宝贵、更重要的人了。她，这个娇小的女人，混杂在内地的人群里，毫无出众之处，手里拿着一副俗气的长柄眼镜，然而现在她却占据了他的全部生命，成为他的悲伤，他的欢乐，他目前所指望的唯一幸福。他听着那个糟糕乐队的乐声，听着粗俗、低劣的提琴声，暗自想着：她多么美啊。他思索着，幻想着。

跟安娜·谢尔盖耶芙娜一同走进来，坐在她旁边的是一个身材高挑的年轻人，留着小小的络腮胡子，背有点儿驼。他每走一步路就摇一下头，仿佛在不住地点头致意。这人大概就是她的丈夫，也就是以前在雅尔塔，她在痛苦的心情中称之为"奴才"的那个人吧。果然，他那细长的身材、那络腮胡子、那一小片秃顶，都有一种奴才般的奴颜婢膝的神态，他的笑容甜得腻人，他的纽扣眼上有个什么闪闪发亮的学术证章，活像是听差的号码牌子。

头一次幕间休息的时候，她丈夫走出去吸烟，她留在座位上。古罗夫也坐在池座里，他便走到她跟前，勉强做出笑脸，用发颤的声音说：

"您好。"

她看了他一眼，顿时脸色发白，然后又惊恐地看了一眼，不相信自己的眼睛了。她双手紧紧地握住扇子和长柄眼镜，分明在极力克制着，免得昏厥过去。

两个人都没有讲话。她坐着，他呢，站在那儿，被她的窘态弄得惊慌失措，不敢挨着她坐下去。提琴和长笛开始调音，他忽然觉得可怕，似乎所有包厢里的人都在瞧他们。可是这时候她却站起来，很快往出口走去。他跟着她走，两个人糊里糊涂地穿过过道，上了楼又下楼，眼前晃过一些穿法官制服、教师制服、皇室制服的人，一概都佩戴着证章。又晃过一些女人和衣架上的皮大衣，穿堂风迎面吹来，送来一股烟头的气味。

古罗夫心跳得厉害，心想："唉，主啊！干吗要有这些人，要有那个乐队……"

此刻他突然记起那天傍晚在火车站上送走安娜·谢尔盖耶芙娜的时候，对自己说：一切就此结束，他们从此再也不会见面了。可是这件事离结束还远着哩！在一道标着"通往梯形楼座"的狭窄而阴暗的楼梯上，她站住了。

"您吓了我一大跳！"她说，呼吸急促，脸色仍旧苍白，慌了神，"哎，您真吓了我一大跳。我几乎昏死过去了。您来干什么？干什么？"

"您要明白，安娜，您要明白……"他匆忙地低声说，"我求求您，您要明白……"

她带着恐惧、哀求、爱意瞧着他，凝视着他，要把他的相貌更牢固地留在自己的记忆里。

"我好苦啊！"她没有听他的话，接着说，"我时时刻刻都在想念您，只想念您一个人，我完全生活在对您的思念之中。我一心想忘掉、忘掉您，您为什么到这儿来？为什么？"

上边，楼梯口有两个中学生在吸烟，瞧着下面，可是古罗夫全不在意，把安娜·谢尔盖耶芙娜拉到身边，开始吻她的脸、她的脸颊、她的手。

"您这是干什么，干什么！"她惊恐万状地说，把他从身边推开，"您我都疯了。您今天就离开，马上就离开……我凭一切神圣的东西求您，请您……有人到这儿来了！"

有人上楼来了。

"您一定得离开……"安娜·谢尔盖耶芙娜接着小声说，"您听见了吗，德米特里·德米特里奇？我会到莫斯科去找您的。我从来没有幸福过，我现在不幸福，将来也绝不会幸福，绝不会，绝不会！不要给我多添痛苦了！我起誓，我会到莫斯科去的。现在我们分手吧！我亲爱的，好心的人，我宝贵的人，我们分手吧！"

她握一下他的手，快步走下楼去，不住地回头看他，从她的眼神看得出来，她确实不幸福……古罗夫站了一会儿，留心听着，然后，等到一切声音停息下来，找到他那挂在衣帽架上的大衣，走出了剧院。

四

安娜·谢尔盖耶芙娜真的动身到莫斯科去看他了。每过两三个月她就从C城去莫斯科一次,对丈夫说,她去找一位教授治她的妇女病,她的丈夫将信将疑。

她到了莫斯科就在斯拉维扬斯基商场住下来,立刻派一个戴红帽子的人去找古罗夫。古罗夫就去看她,莫斯科没有一个人知道这件事。

有一回,那是冬天的一个早晨(前一天傍晚信差来找过他,可是没有碰到他),他就这样去看她。他的女儿跟他同路,他打算送她去上学,正好是顺路。大片湿雪纷纷飘落。

"气温是零上三度,可下雪了,"古罗夫对女儿说,"要知道,这只是地球表面的温度,大气上层完全是不同的温度。"

"爸爸,为什么冬天不打雷呢?"

他解释了一番。

他心想:现在他正在去幽会,这件事没人知道,大概永远也不会有人知道。他过着双重生活:一是公开的,想知道、想看到的人,都能看到,都能知道,这是传统上相对性的真实谎言,跟他的熟人和朋友的生活丝毫没有不同;另一种生活则在暗地里进行。

由于环境的一种奇特的,也许是偶然的巧合,凡是他认为重大的、有趣的、必不可少的事情,凡是他真诚地去做而没有欺骗自己的事情,凡是构成他的生活核心的事情,统统是瞒着别人,暗地里进行的；而凡是他用以掩盖不诚实的行为，用以伪装自己、以隐瞒真相的外衣，例如他在银行里的工作、他在俱乐部里的争论、他的所谓"卑贱的人种"、他带着妻子去参加纪念会等，却统统是公开的。

他根据自己的判断来判断别人，不相信他看见的事情，老是揣摩每一个人都在秘密的掩盖下，就像在夜幕的遮盖下，过着自己真正的、最有趣的生活。每个人的私生活都包藏在秘密里，也许，多多少少因为这个缘故，有文化的人才那么紧张地主张个人的秘密应当受到尊重吧。

古罗夫把女儿送到学校以后，就往斯拉维扬斯基商场走去。他在楼下脱掉皮大衣，上了楼，轻轻地敲门。安娜·谢尔盖耶芙娜穿着他所喜爱的那件灰色连衣裙，由于旅途的劳顿和等待而感到疲乏，从昨天傍晚起就在盼他了。她脸色苍白，瞧着他，没有一点儿笑容，他刚走进去，她就扑在他的胸脯上了。仿佛他们有两年没有见面似的,两个人吻得又久又深。

"哦,你在那边过得怎么样?"他问,"有什么新闻吗?"

"别急,我这就告诉你……我说不出话来了。"

她开不了口,因为她哭了。她转过脸去,用手绢捂住眼睛。

"好,就让她痛哭一场吧,我坐下来等着就是。"他想,就在圈椅上坐了下来。

后来他摇铃,吩咐送茶来,然后他喝茶,她呢,仍旧站在那儿,脸对着窗子……她哭,是因为激动,因为委屈地意识到他们的生活陷入如此悲惨的境地。他们只能偷偷摸摸见面,瞒住外人,像做贼一样!难道他们的生活不是毁掉了吗?

"得了,别哭了!"他说。

他看得很清楚,他们这场恋爱还不会很快就结束，不知道什么时候才会结束。安娜·谢尔盖耶芙娜越来越深地依恋他，崇拜他。如果有人对她说这场恋爱早晚一定会结束，对她来说，这是不可想象的，而且说了她也不会相信。

他来到她跟前，扶着她的肩膀，想跟她温存一番，说几句笑话，可他看见了自己在镜子里的影子。

他的头发已经开始花白。想不到近几年来他变得这样苍老，这样丑陋。他的手抚摸着的那个肩膀是温暖的，在颤抖。他对这个生命感到万分的同情，这个生命还这么温暖，这么美丽，可是大概已经临近凋谢、枯萎，像他的生命一样了。

她为什么这样爱他呢？他在女人的心目中老是跟他的本来面目不同，她们爱他并不是爱他本人，而是爱一个由她们的想象编造出来的、她们在生活里热切地寻求的人，后来她们发现自己错了，却仍旧爱他。她们跟他相好的时候，没有一个人幸福过。光阴荏苒，以往他认识过一些女人，跟她们相好过，分手了，然而他一次也没有爱过。什么都可以说发生过，单单不能说有过爱情。

直到现在，在他的头发开始变白的时候，他才生平第一次认真地、真正地爱上一个女人。

安娜·谢尔盖耶芙娜和他彼此相亲相爱，像一对十分贴近的亲人，像一对夫妇，像两个志同道合的知心朋友。他们觉得他们的邂逅似乎是命中注定的，令人费解的倒是他为什么娶妻，她已嫁人。

他们仿佛是两只候鸟，一雌一雄，被人捉住，关在两只不同的笼子里。他们过去做过的自觉羞愧的事，彼此能谅解，目前所做的一切彼此也能原谅，他们只觉得他们的这种爱情把他们两个人都改变了。以前在忧伤的时候，他总是用他想得到的种种借口来安慰自己，可是现在他顾不上什么理由了，他感到深深的怜悯，一心希望自己变得真诚，温柔……

"别哭了,我的好人,"他说,"哭了一阵也就够了……现在让我们来谈谈,想出一个什么办法来吧。"

他们商量了很久,讲到应该怎样做才能摆脱这种必须东躲西藏、欺骗、分居两地、很久不能见面的局面;应该怎样做才能从这种不堪忍受的桎梏中解放出来。

"怎么办?怎么办?"他问,抱住头,"该怎么办呢?"

似乎片刻之后,答案就能找到,到那时候,就会开始一种崭新的、美好的生活,不过两个人心里都明白:离终点还十分遥远,最复杂、最坎坷的道路现在刚刚开始。

(1899年)

姚锦镕　译

季诺奇卡

一伙打猎的人在一户农舍新割的干草堆上过夜。月光从窗子照进来,外面传来手风琴忧郁而尖细的声音,干草散发着浓烈而微微刺鼻的气味。猎人们谈狗,谈女人,谈初恋,谈田鹬。等他们把认识的女人都评头品足一番,几百件趣事也都讲完了,猎人中那个最胖的,在黑暗中就像一个干草垛似的,一直用校官那种浑厚的男低音说话,他大声打了个哈欠,说道:

"被女人爱没什么了不起:女人天生就是来爱咱哥们的。不过,先生们,你们里头有谁被人恨过,热烈地、发疯似的恨过?你们有谁见过近乎癫狂的仇恨？嗯？"

没有人应声。

"谁也没有吗，先生们？"校官的男低音问道，"我就被人恨过，被一个漂亮姑娘恨过，所以我能从自己身上了解初恨的那些症状。叫它初恨，先生们，因为这是与初恋恰好相反的东西。可我要说的事儿发生的时候，我既不懂爱，也不懂恨。那时我八岁，但这无关紧要。在这件事儿里，先生们，重要的不是他，而是她。那就请你们认真听。

"那是一个美好的夏日傍晚，太阳快落山了，我和我的家庭教师季诺奇卡在儿童室里上课，她不久前刚从贵族女子中学毕业，是个非常可爱、富有诗意的人。

"季诺奇卡心不在焉地望着窗外说：'好。我们吸入的是氧气。现在告诉我，别佳，我们呼出的是什么？'

"'是二氧化碳。'我也望着窗外答道。

"'对,'季诺奇卡赞同道,'植物却相反,它们吸入二氧化碳,呼出氧气。碳酐矿泉水和茶炊的烟雾里都有二氧化碳……这是一种非常有害的气体。那不勒斯附近有一个叫狗洞的地方,里面就有二氧化碳。狗被扔进去就会闷死。'

"那不勒斯附近那个不幸的狗洞是一个化学难题,任何家庭教师都不敢接着讲下去。季诺奇卡总是热心维护自然科学的效用,但是除了这个狗洞,她对化学恐怕也一无所知了。

"后来,她让我再背一遍。我照做了。她问我什么是地平线。我回答了。我们翻来覆去折腾地平线和洞穴的时候,我的父亲正在院子里为打猎做准备。狗在吠叫,拉边套的马不耐烦地踢蹬着腿,和车夫们亲热,仆人们把许多包袱和各种各样的玩意儿往大马车上塞。大马车旁边停着一辆敞篷马车,母亲和姐妹们坐在上面,打算去伊万尼茨基家参加命名日宴会。家里只剩下我、季诺奇卡,还有我的哥哥,他是个大学生,正在害牙痛。你们可以想象我多么羡慕,多么烦闷!

"'那我们吸入的是什么?'季诺奇卡望着窗外问道。

"'氧气……'

"'没错,那我们觉得地与天相接的地方就叫地平线……'

"后来大马车上路了,后面跟着敞篷马车……我看见季诺奇卡从口袋里掏出一张小纸条,使劲儿把它揉成一团,按在太阳穴上,然后她突然涨红了脸,看看表。

"'要记住,'她说,'那不勒斯附近有一个叫狗洞的地方……'她又看了一眼表,接着说,'我们觉得地与天相接的地方……'

"这个可怜的姑娘不安地在房间里踱步,然后又看看表。离我们下课还有半个多小时呢。

"'现在来做算术,'她呼吸困难地说着,用颤抖的手翻动习题集,'请做第325题,我……一会儿就回来……'

"她出去了。我听见她跑下楼梯,然后我从窗户看见她浅蓝色的裙子在院子里一闪而过,消失在花园小门外。她飞快的动作、两颊的红晕和激动的样子引起了我的兴趣。她跑到哪儿去了,去做什么?

"我有着超出年龄的聪明,很快就猜到了,想明白了一切。她跑到花园里去,是想趁我严厉的父母不在,偷偷钻进覆盆子丛里,或者去摘甜樱桃!既然如此,管他呢,我也去吃甜樱桃!我扔下习题集,跑向花园。我跑到樱桃树跟前,但她已经不见了。

"她跑过覆盆子丛、醋栗树和看守人的窝棚，穿过菜园去了池塘边，她脸色苍白，一点儿声响就能吓得她发抖。我悄悄跟着她，先生们，于是我看见了接下来的事情。我哥哥萨沙站在池塘边上两棵老柳树粗壮的树干中间。看他的脸色不像是在牙痛。

"他迎面望着季诺奇卡，整个人洋溢着幸福，好像被太阳照亮了一样。季诺奇卡却像被人赶到狗洞里，不得已吸了二氧化碳似的，艰难地迈着双腿向他走去，重重地喘着气，把头向后仰着……

"从这一切看得出来，她这辈子头一回与人幽会。后来，她终于走到了他身边……有半分钟时间，他们默默地注视彼此，仿佛不相信自己的眼睛。接着好像有一股力量从背后推着季诺奇卡，她把手搭在萨沙的肩膀上，用头靠着他的坎肩。萨沙笑了起来，低声说了些含混不清的话，然后以陷入热恋者的那种笨拙,用两只手掌捧住季诺奇卡的脸庞。

"先生们,天气好极了……把太阳藏在身后的山岗,那两棵柳树,绿意盎然的池畔,那天空——这一切,还有萨沙和季诺奇卡,全都倒映在水面上。你们能够想象那份安静。在青苔上面,无数只生着长须的小蝴蝶闪着金光,花园外面有人在放牧。总而言之,简直就像一幅画。

"在所见的一切当中,我只明白一件事,那就是萨沙和季诺奇卡在接吻。这可不成体统。如果被妈妈知道,他俩都要倒霉。不知为何我觉得害臊,没等到他们幽会结束就回儿童室去了。

"后来,我坐在习题集旁边胡思乱想。我的脸上浮起得意的微笑。一方面,掌握别人的秘密令人愉快,另一方面,想到自己随时可以揭发萨沙和季诺奇卡这种权威人物不守规矩,我就高兴极了。现在他们都在我的掌控之中,他们的太平日子完全取决于我的大度。要让他们瞧瞧我的厉害!

"等我上床睡觉的时候,季诺奇卡和往常一样来到儿童室,看我是不是穿着衣服睡着了,看我有没有向上帝祷告。我看着她那洋溢着幸福的漂亮脸蛋儿,得意地笑了。我的心被秘密填满了,忍不住想要吐露出来。我得给点儿暗示,再欣赏一下效果。

"'我知道了!'我得意地笑着说,'嘿嘿!'

"'您知道什么了?'

"'嘿嘿!我看见您和萨沙在柳树旁亲嘴儿。我跟在您后边,全都看见了……'

"季诺奇卡哆嗦一下,涨红了脸,她被我的暗示吓了一跳,跌坐在放着水杯和烛台的椅子上。

"'我看见你们……亲嘴儿……'我又说了一遍,嘿嘿笑着,欣赏她的窘态,'啊哈!我这就告

诉妈妈!'

"胆小的季诺奇卡紧紧盯着我,等她确信我真的都知道了,便绝望地抓住我的手,用颤抖而低沉的嗓音小声说:'别佳,这是卑鄙的……我求您了,看在上帝的分儿上……做个男子汉吧……不要告诉任何人……正派人是不会盯梢的……这是卑鄙的……求您了……'

"可怜的姑娘就像怕火一样惧怕我的母亲,我母亲是个品行端正、性情严厉的女人——这是其一;其二,我这副得意扬扬的嘴脸不可能不玷污她那纯洁的、充满诗意的初恋,所以你们能够想象她的心情。

"都怪我,害得她整夜没能入睡,第二天早上喝茶的时候,她的眼圈都发青了……喝完茶后我遇见了萨沙,忍不住露出得意的微笑,夸口道:

"'我知道了！我看见你昨天和季娜[1]Mademoiselle[2]亲嘴儿了！'

"萨沙看了看我，说：'你真蠢。'

"他不像季诺奇卡那么胆小，所以一点儿效果也没有。这更加刺激了我。如果萨沙不害怕，显然他是不相信我都看见了、都知道了，那你等着吧，我会证明给你看！

"直到午饭前，季诺奇卡都和我一起做功课，她一眼都不看我，说话也结结巴巴。她没有吓唬我，而是想尽办法巴结我，给我打五分，不向父亲告发我的恶作剧。我有着超出年龄的聪明，便随心所欲地利用她的秘密：我不做功课，在教室里倒立着走，还说了许多放肆无礼的话。总之，如果我把这种脾性保持到现在，一定会是个出色

---

[1] 季娜和季诺奇卡都是对季娜伊达的昵称。——译者注

[2] Mademoiselle：法语，意为小姐。——译者注

的敲诈犯。

"就这样过了一周。他们的秘密刺激和折磨着我,好像心里有一根刺似的。无论如何我也要把这个秘密说出来,好享受它的结果。

"有一天我们正在吃午饭,来了很多客人,我傻乎乎地笑了起来,阴险地看了一眼季诺奇卡,然后说:'我知道……嘿嘿!我看见了……'

"'你知道什么?'母亲问我。

"我愈发阴险地看了看季诺奇卡和萨沙。你们真该看看那姑娘的脸红成什么样子,萨沙的眼神变得多么凶狠!我咬住舌头,没有说下去。季诺奇卡脸色越来越白,她紧紧咬着牙,什么也没吃。

"那天傍晚上课的时候,我发现季诺奇卡的脸上发生了剧烈的变化。她的脸看上去更严厉、更冷漠了,就像大理石一样,她的眼睛古怪地、直勾勾地盯着我的脸,我向你们保证,就是在追逐野狼的猎犬身上，我也从未见过那样骇人的、凶狠的眼睛！

"上课时她突然咬着牙，从牙缝里挤出几句话，这时我才真正明白她眼神的含义：'我恨您！噢，真希望您这个卑鄙可恶的家伙知道，我多么恨您，多么讨厌您那剪了短发的脑袋，还有那粗俗的招风耳！'

"但她立刻吓了一跳，说：'我不是跟您说话，我是在背台词……'

"后来，先生们，晚上我看见她来到我床前，盯着我的脸看了好大一会儿。她狂热地恨着我，没了我就活不下去。对她来说，端详我那可憎的面目成了必不可少的事。

"我记得那是一个美好的夏日傍晚……空气里散发着干草的气味，四周静悄悄的。月亮散发着光辉。我走在林荫小道上，心里想着樱桃果酱。

"突然,苍白而美丽的季诺奇卡走到我跟前,抓住我的手,喘息着对我说:'噢,我多么恨你!我对别人从没像对你这样,盼着你倒大霉!你要明白!我希望你能明白这一点!'

"你们知道吗,那月亮,那充满激情的苍白脸庞,还有那份寂静……我这头小蠢猪反而觉得愉快。我听她讲话,望着她的眼睛……起初我觉得快乐又新奇,后来却害怕起来,我大叫一声,飞奔回家里去了。

"我决定最好还是向 Maman[①] 告状。我告了状,还顺便说了萨沙和季诺奇卡亲嘴儿的事。我还不懂事,不知道会有什么后果,否则我就会守住这个秘密了……Maman 听我说完,气得满脸通红,说:'这事不该你来说,你还太小了……不过,哎呀,

---

① Maman:法语,意为妈妈。——译者注

这是给孩子做了个什么榜样啊!'

"我的 Maman 不仅品行端正,还颇有分寸。为了不闹出丑闻,她没有立刻把季诺奇卡撵出去,而是像对待那些正派却难以容忍的人一样,一步一步、有条不紊地撵走了她。

"我记得,季诺奇卡离开我家的时候,向屋子投来最后一瞥,正朝着我所在的那扇窗户,我向你们保证,直到现在我还记得那目光。

"季诺奇卡不久便成了我哥哥的妻子。她就是你们认识的季娜伊达·尼古拉耶芙娜。

"后来再见到她的时候,我已经是士官生了。不论她怎么努力,都认不出这个留着小胡子的士官生就是可恨的别佳,但她仍然没有完全拿我当亲人看待……

"尽管如今我有着和善的秃顶,谦恭的肚腩,温顺的样貌,可每当我去看望哥哥,她还是斜着眼看我,很不自在。看来,恨也和爱一样难以忘怀……

"听!我听见鸡叫了。

"晚安!米洛尔德,趴下!"

(1887年)

郭小诗　译

大萝卜

从前有一个老爷爷和一个老奶奶。他们过着安稳的日子，生了个孩子叫谢尔日。谢尔日的耳朵长长的，该长脑袋的地方却长了一个萝卜。

谢尔日长大了，个头好大好大……老爷爷揪住他的耳朵，拔呀拔，怎么也没法把他拔成有头有脸的人。老爷爷叫来了老奶奶。

老奶奶揪住老爷爷，老爷爷揪住萝卜，拔呀拔，还是拔不动。老奶奶叫来了身为公爵夫人的姑妈。

姑妈揪住老奶奶，老奶奶揪住老爷爷，老爷爷揪住萝卜，拔呀拔，还是没法把他拔成有头有脸的人。公爵夫人叫来了孩子的教父,他是一位将军。

将军揪住姑妈,姑妈揪住老奶奶,老奶奶揪住老爷爷,老爷爷揪住萝卜,拔呀拔,怎么也拔不动。老爷爷忍不住了。他把女儿嫁给了富商。老爷爷叫来了商人,他有好多一百卢布的钞票。

商人揪住将军,将军揪住姑妈,姑妈揪住老奶奶,老奶奶揪住老爷爷,老爷爷揪住萝卜,拔呀拔,总算把萝卜脑袋拔成有头有脸的人了。

这下,谢尔日当上了五品文官。

(1883年)

郭小诗　译

《大萝卜》[①](俄罗斯民间童话)

老爷爷种了一棵萝卜,对它说:

"长呀,长呀,萝卜啊,长得甜甜的!"

"长呀,长呀,萝卜啊,长得壮壮的!"

萝卜长大了,长得甜甜的,壮壮的,个头大大的。

老爷爷就去拔萝卜,

拔呀拔,怎么也拔不动。

老爷爷叫来了老奶奶。

老奶奶揪住老爷爷,

---

① 该童话最初在俄罗斯民间口头流传,后来经过多位作家改写,此篇为俄国作家阿列克谢·托尔斯泰改编的版本。——译者注

老爷爷揪住大萝卜——
拔呀拔,还是拔不动。
老奶奶叫来了小孙女。

小孙女揪住老奶奶,
老奶奶揪住老爷爷,
老爷爷揪住大萝卜——
拔呀拔,还是拔不动。
小孙女叫来了小狗儿。

小狗儿揪住小孙女,
小孙女揪住老奶奶,
老奶奶揪住老爷爷,
老爷爷揪住大萝卜——
拔呀拔,还是拔不动。
小狗儿叫来了小猫咪。

小猫咪揪住小狗儿，
小狗儿揪住小孙女，
小孙女揪住老奶奶，
老奶奶揪住老爷爷，
老爷爷揪住大萝卜——
拔呀拔，还是拔不动。
小猫咪叫来了小老鼠。

小老鼠揪住小猫咪，
小猫咪揪住小狗儿，
小狗儿揪住小孙女，
小孙女揪住老奶奶，
老奶奶揪住老爷爷，
老爷爷揪住大萝卜——
拔呀拔——把萝卜拔出来了。

万卡

万卡·茹科夫是个九岁的男孩子，三个月前被送到鞋匠阿利亚欣家当学徒。

圣诞节前夜，他没有躺下睡觉。他等到老板夫妇和师傅们外出做晨祷后，从老板的立柜里取出一小瓶墨水和一支安着生锈笔尖的钢笔，在自己面前把一张皱巴巴的白纸铺平，写了起来。他好几次胆战心惊地回头看了看门口和窗子，斜起眼睛偷看一眼黑乎乎的圣像和圣像两旁摆满鞋楦的架子，时不时叹口气，才写下第一个字母。那张纸就铺在长凳上，他跪在长凳前。

"亲爱的爷爷康司坦丁·玛卡雷奇！"他写道，

"我在给你写信。祝你圣诞节快乐,求上帝保佑你事事如愿。我没爹没娘,单剩下你一个亲人了。"

万卡的目光转到了黑乎乎的窗子,窗上映着蜡烛的影子。他脑海中出现爷爷康司坦丁·玛卡雷奇栩栩如生的形象。爷爷是地主席瓦烈夫家的守夜人。他是个矮小精瘦、手脚异常灵便、爱动的小老头,约莫六十五岁,脸上老挂着笑容,眯着醉眼。白天他在仆人的厨房里睡觉,要么就跟厨娘们唠嗑,夜里穿上肥大的羊皮袄,在庄园四周巡视,不住地敲打梆子。他身后跟着两条狗,耷拉着脑袋,一条是老母狗卡希坦卡,一条是"泥鳅"。之所以叫它"泥鳅",是因为它浑身长着黑油油的毛,身子细长,像只黄鼠狼。这条"泥鳅"非常听话,对人十分亲热,不论见着自家人还是外人,无不摇尾乞怜,温顺地瞧着人家。然而它是靠不住的。在它恭顺温和的背后,隐藏着极其狡猾而险恶的用心。

任凭哪条狗也不如它那么善于抓住时机,悄悄溜过来,在人的腿肚子上咬一口,或者钻进冷藏室,或者偷农民的鸡吃。它的后腿已经不止一次被人打断,有两次人家索性把它吊起来,每个星期都会被人打得半死,不过每次都死里逃生,活了下来。

这时候,他爷爷兴许就站在大门口,眯起眼睛打量乡村教堂的鲜红窗子,跺着穿高筒毡靴的脚,跟仆人们说说笑笑。梆子就挂在他腰带上。他冻得不时拍拍手,缩起脖子,一会儿在女仆身上捏一把,一会儿在厨娘身上拧一下,发出苍老的嘻嘻笑声。

"咱们一起吸点儿鼻烟,怎么样?"他说着,把他的鼻烟盒送到那些婆娘跟前。

女人们闻了点儿鼻烟,喷嚏连连。爷爷乐得什么似的,发出一连串快活的笑声,嚷道:

"快擦掉,要不鼻子冻上了!"

他还给狗闻鼻烟。卡希坦卡打喷嚏，皱了皱鼻子，好不委屈，跑到一旁去了。"泥鳅"为了表示恭顺而没打喷嚏，光是摇尾巴。天气好极了。空气纹丝不动，澄澈而清新。夜色黑漆漆的，整个村子以及村里的白房顶、烟囱里冒出来的一缕缕炊烟、披着重霜而变成银白色的树木、雪堆，都清晰可见。天空繁星点点，快活地在眨巴眼睛。银河那么清楚地显相露形，仿佛过节以前被雪擦洗过……

万卡叹口气，用钢笔蘸一下墨水，继续写道：

"昨天我挨了一顿打。东家揪住我的头发，把我拉到院子里，拿师傅干活用的皮条狠狠抽我，怪我摇睡在摇篮里他们家的小娃娃时，不小心睡着了。上星期女东家叫我收拾青鱼，我从尾巴上动手收拾，她就捞起那条青鱼，鱼头直戳我的脸。师傅们总是拿我寻开心，老打发我到小酒铺里打酒，指使我偷东家的黄瓜。东家随手捞到什么就用什么打我。吃的东西就别提了。早晨吃面包,午饭喝稀粥,晚上又是面包。说到茶呀,菜汤呀,那只有东家两夫妻喝的份儿。他们叫我睡在过道里,他们的小娃娃一哭,我就别想睡了,得一个劲儿摇摇篮。亲爱的爷爷,发发上帝那样的慈悲,带着我离开这儿,回家去,回到村子里去吧,我没法活了……我给你叩头,我会永远为你祷告上帝,带我离开这儿吧,要不我死定了……"

万卡嘴角撇下来,握起污黑的拳头揉一揉眼睛,抽抽搭搭地哭了起来。

"我会给你搓烟叶,"他接着写道,"为你祷告上帝,要是我做了错事,只管抽我,像抽西多尔的山羊那样。要是你认为我没活儿干,那我就去求管家看在基督分儿上让我给他擦皮靴,要不替菲德卡放牛羊。亲爱的爷爷,我没法活了,剩下的只有死路一条。我本想跑回村子,可又没有皮靴,我怕冷。等我长大了，我就会为你这一片好心养活你，不许人家欺侮你，等你死了，我就祷告，求上帝让你的灵魂安息，就跟为我娘彼拉盖娅祷告一样。

"莫斯科是个好大的城市。房子全是老爷们的。马很多，就是没有羊，狗也不凶。这儿的孩子不举着星星走来走去①，唱诗班也不准人随便参加。

"有一回我在一家铺子的橱窗里看见些钓钩摆着卖，都安好了钓丝，能钓各式各样的鱼，都很贵。有一个钓钩甚至经得起一普特重的大鲇鱼呢。我还看见几家铺子卖各式各样的枪，跟老爷的枪差不多，每支枪恐怕要卖一百卢布……肉铺里有野乌鸡，有松鸡，有兔子，可是这些东西是在哪儿打来的，铺子里的伙计不肯说。

"亲爱的爷爷，等到老爷家里摆着圣诞树，上

---

① 基督教的习俗：圣诞节前夜小孩们举着用薄纸糊的星星四处走动。——译者注

面挂着礼物,你就给我摘下一个用金纸包着的核桃,放进那口小绿箱子里。你问奥尔迦·伊格纳捷耶芙娜小姐要吧,就说是给万卡留的。"

万卡叹了口气,声音哆嗦,又仔细瞧着窗子。

他回想爷爷总到树林里去给老爷家砍圣诞树,带着孙子一起去。那时候真叫快活!爷爷不停咳嗽,发出咯咯声,严寒把树木冻得咔嚓咔嚓地响,万卡就学样也咯咯地叫起来。砍树前,爷爷往往先吸完一袋烟,久久闻着鼻烟,把冻僵的万卡狠狠取笑一顿……那些做圣诞树用的小云杉披着白霜,立在那儿一动不动,等着看它们中谁先没命。

冷不防,不知从哪儿跑过来一只野兔,在雪堆上箭似的蹿过去。爷爷忍不住嚷道:

"抓住它,抓住它,……抓住它!嘿,短尾巴鬼!"

爷爷把砍倒的云杉拖回老爷的家里,大家就动手装点起来……忙得最起劲的是万卡喜爱的奥尔迦·伊格纳捷耶芙娜小姐。当年万卡的母亲彼拉盖娅还活着,在老爷家里做女仆,那时候奥尔迦·伊格纳捷耶芙娜常给万卡糖果吃,闲着没事便教他念书,写字,从一数到一百,甚至教他跳卡德里尔舞。可是等到彼拉盖娅一死,孤儿万卡就给送到仆人的厨房去跟爷爷待在一起,后来又从厨房给送到莫斯科的靴匠阿里亚欣的铺子里来了……

"你来吧,亲爱的爷爷。"万卡接着写道,"我求你看在基督和上帝分儿上带我离开这儿吧。你可怜我这个不幸的孤儿吧,这儿人人都揍我,我饿得要命,孤单得没法说,老是哭。前几天东家用鞋楦头打我,把我打得昏倒在地,好不容易才醒过来。我的日子苦透了,比狗都不如……替我问候阿辽娜、独眼的叶果尔卡、马车夫,我的手风琴不要送人。孙伊凡·茹科夫上。亲爱的爷爷,你来吧。"

万卡把这张写好的纸折成四折,放进昨晚花一个戈比买来的信封里……他想了想,用钢笔蘸一下墨水,写下地址:

乡下爷爷收

然后他搔了搔头皮,想了想,添上几个字:康司坦丁·玛卡雷奇收。好在他写完信而没有人来打扰,他很高兴,便戴上帽子,顾不上披皮袄,只穿着衬衫跑到街上去了……

昨天晚上他问过肉铺的伙计,伙计告诉他说,信件丢进邮筒以后,就由醉醺醺的车夫驾着邮车,把信从邮筒里收走,响起铃铛,分送到各地去。万卡跑到就近的一个邮筒,把那封宝贵的信塞进了筒口……

他怀着美好的愿望放下了一件心事,过了一

个钟头,安心地睡熟了……在梦中他看见一个炉灶。爷爷坐在炉台上,耷拉着一双光脚,给厨娘们念信……"泥鳅"在炉灶旁边跑来跑去,摇着尾巴……

(1886年)

姚锦镕 译

苦恼

我们的苦恼该向谁诉说……

暮色苍茫。大片大片湿雪在刚点亮的街灯四周懒洋洋地飘舞,落在房顶、马背、人的肩膀和帽子上,积成软软、薄薄的一层。车夫姚纳·波达波夫浑身雪白,活像个幽灵。他在车座上坐着,一动不动,身子前倾,伛到了活人的身子所能伛到的最大程度,哪怕往他身上倒上一大堆雪,他也会觉得没必要把身上的雪抖掉……

他那匹小马也是一身素白,也是一动不动。它那呆滞的身子、那瘦骨嶙峋的身架、那棍子般僵直的腿,活像是花一个戈比就能买到的马形蜜糖饼干。这时它也许在想心思。不论是谁,只要硬要他离开犁头,离开熟悉的灰色田野,硬被抛到这地方来,抛到这个亮得光怪陆离、喧嚣声不绝于耳、行人熙熙攘攘的旋涡中来,怎么不叫他心事重重呢……

姚纳和他的瘦马停在那儿一动不动已经很久了。他俩还在午饭以前就从大车店里出来,至今还没拉到一趟生意。可是现在城里已是暮色很浓了。街灯黯淡的光已经变得明亮欢快,街上也变得热闹起来了。

"赶车的,维堡区。走!"姚纳听见有人喊道,"赶车的!"

姚纳身子一阵哆嗦,透过沾着雪花的睫毛望出去,看见一个穿着带风帽的军大衣的军爷。

"维堡区!"那军爷又喊了一声,"你睡着了还是怎么的?维堡区!"

姚纳抖动一下缰绳表示听到了，随之马背上和他肩膀上便有大片大片的雪掉落下来……那个军爷坐上了雪橇。车夫咂巴着嘴唇，接着天鹅似的伸长了脖子，微微欠起身子，挥了挥鞭子，他的这一动作倒不是出于必要，而是习惯使然。那匹瘦马也伸长脖子，弯起它那棍子般的腿，迟疑地迈开了步子……

"你这是往哪儿瞎闯，鬼东西！"姚纳立刻听见前后来去的黑影当中有人喊道，"你这鬼东西，倒是往哪里瞎闯？靠右走！"

"你就不会赶车嘛！靠右走！"军爷凶巴巴地说。

一个赶轿式马车的车夫破口大骂。一个行人恶狠狠地瞪他一眼，抖掉自己衣袖上的雪。他刚跑过马路，肩膀撞在那匹瘦马的脸上。姚纳在车座上如坐针毡，显得局促不安，胳膊肘往外撑开，转动眼珠子，恶鬼附身似的，仿佛不知道自己到底待在什么地方，为什么待在那儿似的。

"他们全是一班混账家伙！"那军爷打趣地说，"是故意来撞你，或者故意要扑到马蹄底下去。他们都是互相串通好的。"

姚纳回过头去打量了一眼乘客，努了努嘴唇……他分明想要说话，可喉咙里吐不出一个字来，发出的只是咝咝声。

"什么？"军爷问。

姚纳撇着嘴苦笑一下，费劲儿动了动嗓子眼儿，这才发出沙哑的声响："老爷，那个，我的儿子……这个星期死了。"

"是吗……他患什么病死的？"

姚纳转过整个身子，对乘客说：

"谁知道呢，多半是得了热病吧……在医院里躺了三天就死了……上帝的旨意。"

"拐弯啊，魔鬼！"黑暗中有人喊道，"你瞎了眼还是怎么的，老狗！得用眼睛瞧着！"

"走吧，走吧……"乘客说，"照这样下去，明天也到不了。快走！"

车夫就又伸长脖子，欠了欠身子，重重而漂亮地挥动鞭子。后来他有好几次回过头去看乘客，可是对方却闭着眼睛，分明不愿意再听了。到了维堡区，他把雪橇停在一家饭馆门前，自己坐在座位上弯下腰，又一动不动了……湿雪又把他和他的瘦马落得满身是白。一个钟头过去，又一个钟头过去……

人行道上有三个年轻人路过，把套靴踩得很响，互相咒骂，其中两个人又高又瘦，第三个矮小，驼着背。

"赶车的，上警察桥！"那个驼子用破锣般的声音说，"三个人……给二十戈比！"

姚纳抖动缰绳，吧嗒了一下嘴。二十戈比，这价钱不公道，可他顾不上讲价了……一卢布也罢，五戈比也罢，如今他都不在乎，只要有人坐车就行……那几个青年人推推搡搡，骂声不绝，来到雪橇跟前，三个人一齐抢着要坐上座位。麻烦了：只有两个座位，哪一个得站着呢？经过长时间的咒骂、争执、指责以后，问题总算解决：站着的应该是驼子，因为他最矮。

"好，走吧！"驼子答应下来，用破锣般的嗓音说，对着姚纳的后脑壳直喷热气。

"快跑！嘿，老兄，瞧瞧你的这顶破帽子！全彼得堡也找不出比这更糟的了……"

"嘻嘻……嘻嘻……"姚纳笑着说，"凑合着戴吧……"

"喂，你少废话，赶车！莫非你这一路就这样磨蹭下去，是吗？想吃我的脖儿拐吗……"

"我的脑袋痛得要开炸了……"其中一个高个子说,"昨天在杜克玛索夫家里,我跟瓦斯卡一块儿喝了四瓶白兰地。"

"我不明白,你干吗撒谎?"另一个高个子生气地说,"他就像畜生,开口就撒谎。"

"要是我说了假话,就叫上帝惩罚我!我说的全是实情……"

"要说实情,虱子能咳嗽也是实情了。"

"嘻嘻!"姚纳笑道,"这些老爷真叫快活!"

"呸,见鬼……"驼子愤然道,"你到底赶不赶车,老不死?就这样赶车?你抽它一鞭子!唷,魔鬼!唷!使劲儿抽它!"

姚纳感到背后的驼子在扭动身子,发出颤抖的声音。他听见骂他的话,看到这几个人,孤单的感觉就逐渐从他的胸中消解些了。驼子不住地骂骂咧咧,骂尽了天底下一些稀奇古怪的脏话,直骂得透不过气来、咳嗽不已才罢休。那两个高个子讲起一个叫娜杰日达·彼得罗芙娜的女人。姚纳禁不住回过头去看了看他们。正好他们的谈话短暂地停顿一下,他再次回过头去,嘟嘟哝哝说:"我的……那个……我的儿子这星期死了!"

"大家都要死……"驼子咳了一声,擦擦嘴唇,叹了口气,说,"得了,你赶车吧,你赶车吧!诸位先生,照这样的走法我再也受不了啦!他什么时候才会把我们拉到呢?"

"那你就给他使点儿劲……赏他一个脖儿拐!"

"老不死,你听见没有?我可要赏你脖儿拐了……跟你们这班人讲客气,那还不如索性走路的好……你听见没有,老龙?我们的话你压根就没听进去?"

倒不是姚纳感觉到,而只是听到自己的后脑勺上响起啪的一声。

"嘻嘻……"他笑了起来,"这些个快活的老爷……愿上帝保佑你们!"

"赶车的,你有老婆吗?"高个子问。

"我吗?嘻嘻……这些快活的老爷!我的老婆现在成了一堆烂泥了……哈哈哈……待在坟墓里……现在我的儿子也死了,可我还活着……你说怪不怪,死神认错门了……它该来找我,却找了我的儿子……"

姚纳回转身,想讲一讲他儿子是怎样死的,不料驼子轻轻地呼出一口气,说,谢天谢地,他们终于到了。姚纳收下二十戈比车钱,久久地看着那几个游荡的人的背影,只见他们走进一个黑暗的大门,不见了。他又落到了孤身一人的境地,寂静再次向他袭来……刚忘却的苦恼,如今重又显现,更有力地撕扯他的胸膛。姚纳的眼睛不安而痛苦地打量街道两旁川流不息的人群:在这成千上万的人当中就没有一个人愿意听他倾诉?然而人群来去匆匆,谁都没有注意到他,对他的苦恼更是不闻不问……苦恼无边无涯。如果姚纳的胸膛裂开,那种苦恼滚滚地涌出来,那它就会淹没全天下,与此同时却是无影无踪的。这种苦恼就藏在一个狭小的躯壳里,即使白天打着火把也见它不到……

姚纳瞧见一个扫院子的仆人拿着一个小蒲包,就决定跟他攀谈一下。

"老哥,现在几点钟了?"他问。

"九点多……你停在这儿干吗?把你的雪橇拉走!"

姚纳把雪橇赶到几步开外的地方,弯下腰,听凭苦恼来折磨他……他觉得现在向别人诉说苦恼已无济于事了……可是过不了五分钟,他就挺直身子,晃着脑袋,仿佛感到一阵剧烈的疼痛似的。他拉了拉缰绳……他实在难以忍受下去了。

"回大车店，"他想，"回大车店！"

那匹瘦马仿佛领会了他的想法，小跑了起来。大约过了一个半钟头，姚纳已经坐在一个肮脏的大火炉旁。炉台上、地板上、长凳上，处处响起人们的呼噜声。空气又臭又闷……姚纳瞧着那些睡熟的人，搔了搔自己的身子，后悔不该这么早就收工……

"连买燕麦的钱都没挣到，"他想，"这就是我的苦恼所在。一个人要是管好自己的事……让自己吃得饱饱的，马也喂得饱饱的，那他就永远没什么可操心的了……"

角落里有一个年轻的车夫站起来，睡意蒙眬中清了清嗓子，往水桶那边走去。

"你是想喝水吧？"姚纳问。

"可不是，想喝水！"

"那就喝个痛快吧……我呢，老弟，我的儿子死了……你听到我说的话吗？这个星期在医院里死掉的……竟有这样的事！"

姚纳看一下人家听了他的话会怎么样，可是没丁点儿反应。那个青年人连头盖脑蒙上被子，睡了。老人连连叹气，搔着身子……那个青年人渴了想喝水，他呢，渴望说说话儿。他的儿子去世快满一个星期了，可他还没好好跟人谈过这事……得找人详详细细把事儿的前后经过好好说说才是……应当讲一讲他的儿子怎样生病，受些什么痛苦，临终说过什么话，怎样死掉……应当描摹一下怎样下葬，后来他怎样到医院里去取死人的衣服。他乡下还有个女儿阿尼霞……关于她也得讲一讲……是啊，他现在有一肚皮话要说。人家听了该连连惊叫、叹息、掉泪……要是能跟娘们儿谈一谈，那就更好。她们虽然都很傻，可是听不上两句就会号啕大哭起来的。

"去看一看马吧,"姚纳想,"睡觉的时间有的是……不用担心,总能睡够的。"

他穿上衣服,来到马厩,他的马就在那儿。他想起燕麦、草料、天气……关于他的儿子,他独自一人的时候是不能想的……跟别人谈一谈倒还可以,至于想念他,为自己描摹他的模样,那太恐怖……

"你在吃草吗?"姚纳看见了马的眼睛闪闪发亮,便问,"好,吃吧,吃吧……既然没挣到买燕麦的钱,草料还是有的……是呀……我老了,不能赶车了……该由我的儿子来赶车才对,我不行了……他可是个地道的车把式……只要他活着就好了……"

姚纳沉默了一会儿后,接着说:

"是这么回事,伙计,我的小母马……库兹玛·姚内奇不在了……过世了……无缘无故死了……比方说,你现在有个小驹子,你就是这个小驹子的亲娘……忽然,比方说,这个小驹子过世了……你不是要伤心吗?"

那匹瘦马嚼着草料,听着,向它主人的手上呵气。

姚纳讲得入了迷,就把他心里的话统统对它说了……

(1886年)

姚锦镕　译

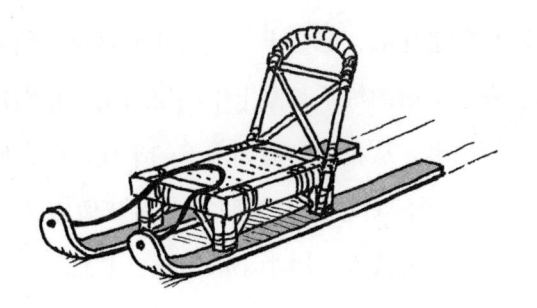

捉弄

那是一个晴朗的冬日正午……严寒刺骨,到处都冻得噼啪作响,娜坚卡①挽着我的胳膊,她两鬓的鬈发和上唇的绒毛都蒙上了一层白霜。我们站在一座高山上。从我们脚边到山下的平地之间,伸展着一面平缓的斜坡,太阳照在上面就像照镜子似的。我们旁边放着一辆小小的雪橇,上面包着鲜红色的绒布套。

"咱们一块儿滑下去吧,娜杰日达·彼得罗芙娜!"我央求道,"就滑一次!我向您保证,我们

---

① 娜佳和娜坚卡都是对娜杰日达的昵称。——译者注

会安然无恙的。"

可是娜坚卡害怕。从她那双小巧的胶皮套鞋到这座冰山脚下的距离,在她看来简直就是可怕的无底深渊。我只不过邀请她一起坐雪橇,可她往下一看,就吓得魂不附体,几乎都要窒息了,要是让她冒险飞向深渊,还不知道会怎样呢!她会被吓死、吓疯的。

"求求您了!"我说道,"不要害怕!您要知道,这是懦弱、胆怯!"

娜坚卡终于让步了,但我从她的脸色看出,她是冒着生命危险让步的。我把这个面色苍白、浑身颤抖的姑娘扶到小雪橇上坐好,一只手搂住她,然后便和她一起坠向深渊。

小雪橇像子弹一样飞了出去。被我们冲破的空气迎面袭来,在耳边吼叫着、呼啸着,凶狠地撕扯着、刺痛着我们,简直要把我们的脑袋从肩膀上揪下来。风的压力使我们无法呼吸。好像有个魔鬼用利爪抓住我们,咆哮着将我们拖向地狱。周围的一切汇成一条长长的、飞驰的带子……似乎再过片刻我们就要殒命于此了!

"我爱您,娜佳!"我低声说。

小雪橇滑得越来越慢,风的怒吼声和滑木的沙沙声已经不那么可怕,我们也不再感到窒息,最后终于滑到了山脚下。娜坚卡吓得半死。她面无血色,几乎喘不过气来……我扶着她站了起来。

"无论如何我再也不滑了,"她睁大了充满恐惧的眼睛望着我说,"不管说什么也不要!我差点儿就没命了!"

过了一会儿她才回过神来,然后便充满疑惑地望着我的眼睛:那五个字究竟是我说的,还是她在狂风呼啸中的幻听?而我站在她身边,一边抽着烟,一边认真端详着自己的手套。

她挽起我的胳膊，我们在山下游逛了很久。看来，那个谜搅得她心绪不宁。究竟说没说那句话？说了还是没说？说了还是没说？这是一个关乎她的自尊、名誉、生命和幸福的问题，是非常重要的问题，甚至是世界上最重要的问题。娜坚卡用有穿透力的目光急切而忧郁地打量我的脸，答非所问地和我对话，等着看我会不会再说出那句话。噢，这张可爱脸蛋的表情多么丰富，多么丰富啊！我看得出来，她在和自己斗争，她想说些什么，问些什么，却找不到合适的字眼，她感到害羞、胆怯，快乐也让她说不出话……

"您听我说。"她说，眼睛没有看向我。

"什么？"我问。

"我们再……滑一次雪橇吧。"

我们沿着阶梯爬到山上。我又一次扶着面色苍白、浑身颤抖的娜坚卡坐上小雪橇，我们又一次飞向恐怖的深渊，风又嗥叫，滑木又沙沙作响，在小雪橇飞得最快、声音最响的时候，我又一次低声说：

"我爱您，娜坚卡！"

小雪橇停下以后，娜坚卡望了一眼我们刚刚滑过的山坡，随后久久地端详我的脸，倾听我那冷淡平静的声音，她整个人，全身上下，甚至连同她的手笼和风帽，她的整个身子都流露出极度的困惑。她的脸上仿佛写着：

"这是怎么回事？那些话是谁说的？是他吗，或者只是我听错了？"

这个谜团折磨着她，使她失去了耐心。可怜的姑娘不再答我的话，愁眉苦脸，简直快要哭出来了。

"我们要不要回家？"我问。

"可是我……我喜欢滑雪橇，"她红着脸说，"我们要不要再滑一次？"

她"喜欢"滑雪橇，可是一坐上去，她就像前两次一样面无血色，吓得喘不过气来，浑身抖个不停。

我们第三次向下滑去，我发现她一直瞧着我的脸，盯着我的嘴唇。但我用围巾捂住嘴巴，假装咳嗽，当我们滑到半山腰时，我又说了一句：

"我爱您，娜佳！"

于是谜仍旧是个谜！娜坚卡不发一言，陷入沉思……

我从冰场送她回家，她尽量走得慢些，放慢步伐，一直期待着我会不会对她说出那句话。我看出她内心备受煎熬，她在竭力克制自己，免得说出这样的话：

"这句话不可能是风说的！我也不希望是风说的！"

第二天上午我收到一张便条：

"如果您今天要去冰场，请顺便带上我。娜。"

于是从这天起,我每天都和娜坚卡一起去冰场,每当我们乘着雪橇飞向山下,我都会轻声说出同一句话:

"我爱您,娜佳!"

很快娜坚卡便对这句话上了瘾,就像对酒和吗啡成了瘾一样。没了这句话她简直没法生活下去。当然,从山顶飞身而下仍然十分可怕,但如今恐惧和危险反而为那句情话增添了独特的魅力,那句话却依旧是个谜,使她烦忧不已。怀疑的对象仍然有两个:我和风……她不知道,二者之中究竟是谁对她诉说爱意,但她好像已经不在乎了:用哪个杯子喝酒都一样,只要能喝醉就行。

一天中午我独自来到冰场。我混在人群中间,看见娜坚卡向山边走去,四下张望着寻找我……然后她小心翼翼地沿着台阶向上爬……她害怕一个人滑雪橇,噢,她多害怕啊!她的脸色苍白如雪,浑身颤抖,仿佛正在走向刑场,但她还是走着,头也不回,坚定不移地走着。显然,她终于决定要试一试,如果没有我,还能不能听到那句美妙而甜蜜的话。我看到她脸色惨白,害怕地张着嘴巴,她坐上小雪橇,闭上双眼,滑了起来,仿佛和尘世永别了似的……"沙沙沙"……滑木发出响声。我不知道娜坚卡是否听见了那句话,我只看到她从雪橇上下来的时候变得疲惫不堪、软弱无力。从她的脸色看得出来,她自己也不知道有没有听见什么。向下滑行的恐惧使她失去了倾听、分辨声音和理解的能力……

早春的三月来临了……太阳变得愈发温暖。我们那座冰山开始变黑,褪去了光泽,最后终于融化了。我们也不再去滑雪。可怜的娜坚卡再也没有地方去听那句话,况且也没有人来说那句话了,因为已经没有了风声,而我也准备到彼得堡去——要去很久，也许永远不回来了。

有一回，在我动身前两天的黄昏时分，我坐在小花园中，这座花园和娜坚卡家的院子之间隔着一道高高的、钉着钉子的栅栏……天还很冷，粪堆底下还有积雪，树木死气沉沉，但空气中已经散发着春天的气息，正准备过夜的白嘴鸦叽叽喳喳。我走近栅栏，透过缝隙久久地望过去。我看见娜坚卡走出来，站在台阶上，用忧愁苦闷的目光望向天空……春风直接吹着她苍白灰暗的脸庞……这阵风使她想起在山坡上对着我们呼啸的风，正是在那时她听见了那五个字，于是她的脸色越发忧郁，泪水从脸颊缓缓滑落……可怜的姑娘张开双臂，仿佛祈求风儿再一次为她捎来那句话。到一阵风来的时候，我低声说：

"我爱您，娜佳！"

我的上帝啊，娜坚卡发生了怎样的变化呀！她欢呼一声，满脸笑容，迎着风张开双臂，她那么快乐、幸福，显得那么美丽。

我便收拾行李去了……

这是很久以前的事了。现在娜坚卡已经结婚，是由父母做主还是她本人的意愿，这并不重要，她嫁给了贵族监护会的一名秘书，已经有了三个孩子。从前我们一起去冰场，风把"我爱您，娜佳"这句话送到她耳边，这些都没有被遗忘，如今对她来说，这是一生中最幸福、最动人、最美好的回忆……

现在我年纪大了，已经不明白自己为什么要说出那句话，为什么要捉弄她……

（1886年）

郭小诗　译